青岛市文艺精品扶持项目

海味青岛

崔燕 著

青岛出版集团 | 青岛出版社

图书在版编目（CIP）数据

海味青岛 / 崔燕著. — 青岛 : 青岛出版社,
2024.7
ISBN 978-7-5736-2348-5

Ⅰ. ①海… Ⅱ. ①崔… Ⅲ. ①散文集－中国－当代
Ⅳ. ①I267

中国国家版本馆CIP数据核字(2024)第107421号

HAIWEI QINGDAO

书　　名	海味青岛
著　　者	崔　燕
插　　图	陈皓月
出版发行	青岛出版社（青岛市崂山区海尔路 182 号，266061）
本社网址	http://www.qdpub.com
邮购电话	0532-68068091
策　　划	刘　坤
责任编辑	刘芳明
整体设计	W 戊戌同文
印　　刷	青岛名扬数码印刷有限责任公司
出版日期	2024 年 7 月第 1 版　2024 年 7 月第 1 次印刷
开　　本	32 开（890mm×1240mm）
印　　张	7.25
字　　数	200 千
书　　号	ISBN 978-7-5736-2348-5
定　　价	52.00 元

编校印装质量、盗版监督服务电话　4006532017　0532-68068050

目录

CONTENTS

第一章 · 鱼说

第二章 · 海货

第三章 · 鲜趣

第一章

鱼说

从带鱼进入夏至的海鲜旅程

　　夏至的早市，满眼的鲜带鱼银光闪闪、冷艳逼人，几乎每个卖鱼鲜的摊位都会在带鱼旁边搁上一个堪称氛围组的鱼钩子，这样的带鱼号称"海钓带鱼"。带鱼上市量之多，超出多数本地人之于鲜带鱼的记忆。无疑，这是一个丰收的带鱼季。

　　上一个春天，吃到的最贵的一次应季海鲜竟然是鲜带鱼。卖带鱼的这家海鲜摊主寡言且牛气，就像江湖里偶尔沦落到市井的大侠，眼前的几条带鱼冷峻美艳，如同一把把杀人于无形的流光银刀。包括青岛人在内的许多北方人，更习惯于将带鱼叫作刀鱼。这名字，的确写实。那日早市上的带鱼 320 元一公斤，很快就有人将不多的几条瓜分。然后这"大侠"便跨上他的摩托车坐骑，"突突突"绝尘而去。

这批带鱼刚下船不久，尽管已经不是活物，但依旧威风凛凛且灿然有光。最宽处有 10 厘米，体长接近一米，口感之肥腴、细腻、鲜香，与我们平时认知里的那种比表带宽不了多少，委屈巴巴、口感腥柴的冰鲜带鱼有"云泥之别"，不菲的价格也在情理之中。

早年，春节的年货供应菜单上，冷冻带鱼与猪头、冻鸡一道，是雷打不动的搭配。尤其在内陆地区，许多人以带鱼为入口，开启了人生中进入海鲜体系的食饮旅程。多少年里，带鱼以"集体记忆"的味觉基因，普及和补充了海鲜之于味蕾的饮食体验。

在古时的物产志中，带鱼数次以"多产且美味"的形象出现。乾隆年间的《诸城县志》说："鱼类不可枚举……最多者银刀，鲜肥无鳞。"道光年间的《胶州志》亦说："银刀，一名带鱼，大者长三尺余，宽三四寸，色白如银，故名。银刀谷雨时网之，动以万计。"古人的文字有趣别致，寥寥数语，就道出了带鱼的肥美、体量和多产。有意思的是，明朝谢肇淛在《五杂俎》有一番"市井化"的描述："闽有带鱼，长丈余，无鳞而腥，诸鱼中最贱者，献客不以登俎。然中人之家，用油沃煎，亦甚馨洁。"用当下的语境转译过来稍显"不屑"：带鱼在众多鱼类中的价格最便宜，献给客人上不了台面，但是普通人家用油煎着吃，也还是芳香扑鼻的。

带鱼在青岛除了被叫作刀鱼，在民间还有一名为"海狼"。关于"海狼"这个称谓的起源并没有确切的考究，不过

◎ 带鱼

带鱼的确是海洋一霸，牙齿尖利，凶猛贪食，对同类一样毫不留情。带鱼在快速游动捕食猎物的过程中，进化出了一身紧致的肌肉。身上那层细细的银色脂肪，也是为了应付深海的压力与寒冷而进化出的"保暖层"。在市场上很难见到活带鱼，因为带鱼从海中被迅速拉出水面后，其器官会因为巨大的压强差破裂出血，从而导致它们迅速死亡。

美食家唐鲁孙先生有一段描写青岛渔港码头带鱼鱼汛的文字："凭栏远眺，只见远处飞云回舞，奔电流霓，顷刻间海面上银鳞沃雪，碧海翻光，带鱼一条接一条，口尾相连，鱼贯而来。最大鱼群能接成十多里长一条鱼带，苏东坡诗所谓'光摇银海眩生花'足以说明海里带鱼子是多么乔丽壮观了。"

带鱼在中国的黄海、东海、渤海一直到南海都有洄游，但真正大规模跳入百姓家的饭碗里，则得益于始于 20 世纪 60 年代的冷链物流。新鲜的带鱼是没有异味的，但是冷冻后鲜味会一点点消散，化冻后则不免有些腥气。不仅内陆人多有排斥，就连海边人也对这种味道颇有微词。大量供应的带鱼大小长短不一，多数只有两指宽，肉质当然不够肥厚。尽管如此，彼时带鱼作为难得的荤菜，还是被巧妇们烹饪成各式美味。

有的带鱼只有浅浅的一层薄肉包裹着嶙峋的鱼刺，但用油一炸便可化腐朽为神奇，成为了上乘的中式"鱼排"。尤其拇指粗细的带鱼尾被炸制酥脆后，鲜香的口感，比鱼肉更胜一筹。那个年代，食用油也是计划供应的，甩开膀子不节制得用一次油，是年节里才有的宏大仪式。带鱼在食用油"宠幸"过麻花、酥肉、萝卜丸子后，为这道美食程序画上了完美的句号。油炸加持后的冰冻带鱼，定型美观，出锅后散发出海鲜特有的异香，也算是当年"色香味俱全"的佳肴。多少年后，浓郁喷香的炸带鱼经过时间的洗礼已经成为"妈妈的味道"和"回家的味道"。

后来，海鲜成为一种常见的食材。原本与带鱼并称为中国四大海产的大黄鱼、小黄鱼及乌贼，也因为物以稀为贵而变得奇货可居。唯有带鱼，以繁盛的生命力、强悍的产量，南北通吃、四季皆宜。带鱼貌似只是大众食材，但却始终骄傲地不为人类所驯化，其野生的珍贵属性，一点点被食不厌精的美食家推到另一个高台。一方面，带鱼尤其是一段段的冰冻带鱼，依旧是人们喜闻乐见的平价海鲜。另一方面，偶尔一见的活带鱼和捕捞上岸时效极短的新鲜带鱼，则价位可观，风头无两，是高端酒店可遇不可求的上品。无论在南方还是北地，清蒸带鱼都能带来惊艳无比的口感，可以令挑剔的味蕾瞬间起舞。

带鱼，几乎成为中国人餐桌上最家常的一种平民海鲜，也被诸多老饕赋予了多种做法。带鱼可成为高档宴席上的大菜，也可制成南方的"带鱼鲞"和北方的"咸带鱼"作为佐餐小菜，还可以做成带鱼罐头和带鱼酥这样的休闲食品。带鱼可以轻灵融入鲁菜、闽菜、粤菜、川菜、淮扬菜等菜系，做法可达百余种。甚至在物质紧巴的1959年，上海市饮食服务公司还出过一本油印的《带鱼食谱》，尽可能在低标准时代创造"高级"些的生活，让苦日子适意些许。🔴

鲅鱼是青岛老丈人的吉祥物

在青岛，你以为鲅鱼只是美味的海鲜吗？错。这种漂亮、铮亮、有排场的大鱼，当然是一种常见的美食，但对于青岛老丈人这类有趣的物种来说，鲅鱼其实是一个闪闪发光的吉祥物，可大快朵颐，可慰藉心灵，可炫耀标榜，更可检验自家女儿的家庭地位和女婿的忠诚度。对于那些准女婿而言，鲅鱼也不是一种时令海鲜，而是掩护他们跨进女朋友家的柳条帽，或者说是被女朋友家接纳的敲门砖。

没有一座城市，会像青岛一样，对鲅鱼注入无限的乡情与热情，以及丰富的饕餮想象。鲅鱼对于青岛而言，也不仅仅是万千海鲜中的一抹亮色，它更像是一种吉祥物，集中了这座

◎ 鲅鱼

城市的美食文化、地域文化和人情文化。

如果一个青岛男人生了女儿，人们除了祝贺他加入"老丈人协会"外，还会恭喜他今后有女婿"送鲅鱼"。青岛人都知道，每年春季鱼汛初到时，女婿要登门给岳父岳母送新鲜鲅鱼，此风由来已久，年年如此，已成习俗。

甚至有人说，青岛的鲅鱼节其实是"老丈人节"。那句"谷雨到，鲅鱼跳、丈人笑"的俗语即源于此。鲅鱼是大海味道的总和，是青岛寻常人家厨艺等级"展扬"的民间指向。一招鲜的鲅鱼饺子、熏鲅鱼、卤鲅鱼子和鲅鱼丸，才是海货小厨神的入门标配。四五月间，性感的鲅鱼，才能留下春风。

宽泛点讲，鲅鱼就是南方人说的马鲛鱼，不过青岛的鲅鱼叫蓝点马鲛。这种大块头的海鱼，肉质宽厚而刺少，产量也颇为喜人，因此家常而实惠，是最让青岛人倾注丰富创造力的海货之一。青岛人的餐桌因鲅鱼的加盟而丰盈，春日也愈发蓬勃。一条鲅鱼，青岛人对其倾注了全方位的想象力，除了红烧、清蒸、炸、烤、煎之外，还创造了甜晒鲅鱼、鲅鱼干零食、鲅鱼饺子、鲅鱼丸子这样的美味。鲅鱼饺子是青岛的高光美食，赋予了鲅鱼更鲜美的传播力。

近些年，饮食文化越发讲究食不厌精，鲁菜惯常的红烧鲅鱼成为最不讨喜的一类吃法。于是，鲅鱼的新鲜度成就了个性而时尚的新吃法，比如日式的鱼生、川菜里的水煮鱼片。甚至仿照欧式的煎鳕鱼来制作煎鲅鱼段，再配以柠檬汁和干白，也是一款拉风的吃法。如果到青岛家庭做客，餐桌上有一大盘裹着鸡蛋液和面粉煎制而成的鲅鱼段，那你一定要多敬主人几杯酒。这种煎鲅鱼虽然口味既寡淡又肥腻，却是青岛人招待贵客的一道菜。这有点像少数民族地区同胞请客人吃手抓羊肉，菜肴看似做法平实，却内含着主人热气蒸腾的一颗好客之心。

青岛人对鲅鱼的热爱，绝对是认真而瓷实的。他们把鲅鱼饺子和鲅鱼丸子这两道费时费力的美食，作为普通家庭厨房进阶的一个重要标志。如果一个厨艺菜鸟能熟练掌握以上两种鲅鱼的做法，基本可以游刃有余地制作各种美好的海鲜佳肴了。

　　记得有一多年"远离庖厨"的精致女友，在某个春日邀请我们去爬山并野炊，午餐就是她用提前在家准备好的鲅鱼泥煮制的鲅鱼丸子青菜面。那风景、那味道、那情调，被圈里人视作至今无法超越的野餐。当然，女友从此一雪"大小姐"之耻，跃升至美厨娘之列。不过，她最近已经醒悟过来，直言：你们这帮坏人就是哄着我做饭。

　　一年四季，青岛人离不了的还有用花椒盐水腌渍、晾干的咸鲅鱼。当冬季跌跌撞撞地来临，北风逼退了海风咸的氤氲，甜晒的鲅鱼也迎来了自己的狂欢季。🔖

开凌梭是春鲜的先头部队

如果你错过了开凌梭，就错过了第一缕春光。在蛰伏了一冬之后，开凌梭作为先头部队，率先拉开了鲜活的春鲜季的序幕。

立春后，万物生。海上的冰凌在习习春水里消融开释，梭鱼亦从沉沉冬眠中醒来，于大海深处出发，追逐着饵料洄游到海水与河水交汇口觅食，为繁殖季的到来蓄积能量。第一批被捕捞上岸的开凌梭，还带着薄薄的海冰，成为青岛春天翘首以盼的第一批鲜鱼。作为春节后的第一鲜，开凌梭像初秋的云，丰腴且曼妙，约等于二月春鲜的总和。

处于休眠期的梭鱼极少进食，所以开凌梭的肉质厚实，且腹内少杂物，味道更加纯粹鲜美。其实，开凌梭叫"半月鲜"更加精准，因为它的鲜味只有从立春到惊蛰之间十几天的"保鲜期"。过了这个节气，不挑食的梭鱼胃口大开，各种鱼虾甚或腐肉、泥沙都被其食用，品质和鲜味每况愈下。清明以后，好味道已荡然无存。尤其在夏天，梭鱼肉质松软，且有浓重的土腥味，在青岛盛产海鲜的崂山、城阳等地，梭鱼基本上已被打入"冷宫"，因此青岛有"六月梭臭满锅"的俗语。再想品尝开凌梭的美味，只好等待来年早春。

在众多野生的海鱼中，上岸后还能长时间保持鲜活姿态的不多，梭鱼就是那种到了农贸市场还执着蹦跶的一类，想必它在海中也一定是生猛的物种。早市上，一斤活梭鱼的价格只有十几元。虽然身价"草根"，但细细究来，梭鱼却不失为一种气节"高贵"的物种。

开凌梭活蹦乱跳地徜徉在春风里，成为早春海鲜美味模板。酒店对开凌梭的烹制讲究好吃、好看，一般以整条烹制。家庭对开凌梭的烹制则更看重吃好、吃妙，多将其切成块状以便更能入味。但无论怎样做，都以二三斤一条的梭鱼为好，而且一定要去掉开凌梭肚子里的那层黑色黏膜，否则，做出来的梭鱼肯定发腥。

但爱鲈鱼美

中国古代文人对鲈鱼情有独钟，不吝赞美之词。苏东坡还幽默地写诗调侃道：鲈鱼无骨海棠香。鲈鱼鲜美，偏偏多骨；海棠娇媚，却无香味。鲈鱼鲜美，海棠美艳，一种中式的古典意境呼之欲出。其实，古代对海鲜的认知，更多停留在"海味八珍"的层面上。尤其诗情画意所涉及的鱼类，基本以江鱼为主。比如"江上往来人，但爱鲈鱼美"等，皆是写淡水鲈鱼。

在青岛，鲈鱼特指海鲈鱼，学名中国花鲈，老辈人俗称"寨花"。鲈鱼肉质白嫩、清香，没有腥味，最宜清蒸、红烧或炖汤。尤其是秋末冬初时，鲈鱼尤其肥美，其体内积累的营养物质也最丰富，所以秋末冬初是吃鲈鱼的最好时令。据传，日本有一个渔村的村民很爱吃鲈鱼，且村民罹患心血管疾病的比例极低，就是因为鲈鱼中的 EPA（二十碳五烯酸）及 DHA（二十二碳六烯酸）这两种特别的脂肪酸可降低血脂。

鲈鱼大气、俊美，像一个玉树临风的翩翩美男，非常符合大众的审美。因此，鲈鱼在民间多可以撑门面、上大席。在结婚宴、百岁宴、生日宴等场合，鲈鱼多是压轴的硬菜之一。过年时候的冰冻年货里，挺拔肥硕的鲈鱼也是海鲜礼盒里的常见海货之一。在讲究面子的山东人眼里，这种野生的大鱼非常"场面"。

青岛的各大酒店中，鲈鱼几乎是宴席的标配鱼种之一。因为鲈鱼的个头偏大，上宴席比较好看、大气。讲究时间成本的酒店在菜单上对鲈鱼所花的心思颇为乏善可陈，冰冻的鲈鱼会推荐家常红烧，新鲜点的则直接油泼和清蒸。也有部分酒店融入了川菜的巧思，将新鲜鲈鱼以水煮鱼和酸菜鱼的制作方式"重生"，于是川菜特有的麻辣、酸辣与海鱼的鲜香碰撞出新式鲁菜风范。还有的厨师复刻了粤菜的清鲜淡美，用砂锅煎焗鲈鱼，绿色的细葱丝、红色的辣椒丝和白色的鱼肉相配搭，看上去清淡秀美。尤其那块嫩到入口即化的肚皮肉，味道胜于不少海鱼，难怪鲈鱼也被称作水中鸡肉。

在青岛，鲈鱼革命不止于烹饪方式冲破鲁菜的藩篱向其他菜系尝试，民间的一些烹饪大师也根据鲈鱼的特质进

◎ 鲈鱼

行了一番新的探索。这其中，手撕鲈鱼算是一例，其借鉴
了传统甜晒鱼和风干鱼的制法，同时融入了标准化的工艺
技术，一跃位列"齐鲁名吃"和网红美食。手撕鲈鱼常以
蒸、烤和炸等方法制作，尤其在烈火烹油的烤制与炸制下，
鲈鱼肥厚的蒜瓣肉层层叠加愈发紧实可爱。食客不必斯文，
直接上手撕，大快朵颐之余，早年炉子烤鱼干的味道，泛
着记忆的怀旧氤氲，盈香至味蕾。🔲

鳗鱼制造的奇妙和快乐

公元前 4 世纪，亚里士多德就开始观察鳗鱼这种长得跟其他鱼类不一样的鱼。弗洛伊德也对鳗鱼很感兴趣，曾经把自己关在实验室里解剖了 400 多条鳗鱼。被翻译为 30 种语言的畅销书《鳗鱼的旅行》，是一本和鳗鱼一样难以被定义的奇书，关于鳗鱼，更关于生命本身。这本书科普鳗鱼在科学史中留下的种种谜团，却又处处蕴含隐喻和哲思。读者跟随鳗鱼笨拙又浪漫的生命之旅，抵达深刻又感动的生命之谜。一直以来，鳗鱼就是属于那种神秘又熟悉，能制造奇妙和快乐的一种鱼类。

如同有的人怕毛毛虫，有的人怕带羽毛的动物，而有的人怕柔软蜿蜒的蛇。最后一类人不可避免得会把这种恐惧延伸至表皮光滑、遍布黏液的鳗鱼。由于这种不可名状的恐惧感，他们失去了品尝一种至美海味的人生乐趣。

鳗鱼在青岛民间其实有两种，一种是星康吉鳗，青岛俗称鳗鳞；另一种为灰海鳗，青岛俗称季勾鱼。鳗鳞和季勾的区别，从色泽与体态上肉眼可辨。

鳗鳞肉质细腻，只一根主刺被浑圆的鱼肉包裹，无多余小刺，吃起来"满口活"，更适于辣烧、酱焖或者做个土产

◎ 鳗鱼

17

"日式鳗鱼饭"。新鲜的鳗鳞入口鲜香四溢，是少有的香味盖过鲜味的一种鱼。鱼皮含有满满的胶原蛋白，滑爽筋道的口感与鱼肉的鲜嫩不分伯仲。新鲜的鳗鳞肉质更类似于淡水鱼肉，醇香但却毫无半点土味或者腥味，可算鱼类中的一种极品。所以，这几年鳗鳞的价格始终居高不下，市场上的活鳗鳞通常一上市就被识货的吃家抢走。

青岛城阳沿海一带的当地人将鳗鳞称作白鳝。城阳白鳝是当地酒店的一道著名特色菜。将白鳝蒸熟后，趁热剔除鱼骨，放入切好的黄瓜丝，再放入适量的蒜泥与盐，鱼肉的清香、黄瓜的清甜和蒜泥的爽口各美其美，口味清奇。

这几年，人们对美食的口感讲究原味和清淡，循着这股简约清新风，涮鳗鳞成为一道新晋网红菜。这种做法几乎不放任何调料，因此鳗鳞的味道不会被其他味道影响，鲜和香得以尽情绽放，比红烧等大费周章的做法更妙。

还有一种对鳗鳞的深度加工方法是甜晒，甜晒后的鳗鳞味道层层递进，十分鲜美，算是甜晒鱼中的上品。不过，通常青岛渔民更乐于将季勾做成甜晒鱼。其核心技术在于刀工，名曰"骨切"，又号称"一寸二十四斩"，即用厚重的断骨刀将小刺细细切碎，最终达到入口浑然不觉之境地。江浙沿海一带也无比热爱吃鱼干，他们管这种季勾鱼晒成的咸鱼叫"鳗鲞"，成品小刺变软，蒸食尤佳。🔴

我们有多爱揩青鱼的油

　　世纪之交时，青岛有许多门面不大，老板兼厨师、老板娘兼服务员的那种迷你饭店，店里通常有那么一两道招牌菜，一招鲜、有吃头、经济实惠、回头客众。如果说这些小店有何可共享的菜式，那么红烧青鱼和大锅蒸馒头可是"当仁不让"。

　　黑青而油亮的青鱼属于青岛比较常见的经济鱼种，典型的物美价廉。青鱼其实有一个很国际化的时尚名字，叫作太平洋鲱鱼。在我国境内出产的太平洋鲱鱼，也就是青鱼，生长速度很快，成年后体长可以达到20~38厘米。青鱼鱼群之密，个体之多，无与伦比，据说曾经是世界上产量最大的一种鱼。

19

青鱼应该属于那种生存欲极强的鱼种，每年一进入秋季就会开始疯狂觅食，从而储存大量的脂肪。

很多人爱吃鱼，但是不爱吃刺多的鱼，青鱼算是一个特例。青鱼的多刺与白鳞鱼有得一比，这两种鱼的好处都是有刺

◎ 无名

却多油。此消彼长，骨感与丰腴共生共存，鲜嫩浑实的鱼肉为之加持，倒也成就了青鱼的特色。有的人喜欢吃青鱼，又无法忍受它的多刺。于是便用油炸过，简单配料后，像做罐头那样放在高压锅里压制。开锅转小火至多十分钟，青鱼的鱼刺便可彻底软化。出锅后，在大量油脂的包裹下，青鱼鱼肉酥软、绵密、浓香，与罐头鱼有得一拼。

无论是饭店还是家庭，对青鱼的烹饪方式常常是"浓油赤酱"，酱油的浓烈与青鱼分泌的油脂在相互碰撞中，绽放出肆意的鲜香。会吃的老饕，通常对鱼子欲罢不能，对鱼肉倒是可吃可不吃。他们通常将青岛铁锅大馒头掰成小块，像羊肉泡馍那样，将馒头浸入浓汤中。暄软的大馒头很快被深红的浓汤浸透，吃一口，特有的香气迅疾打通全身。

鱼说。

秋收冬藏 此鱼可爱

秋日迟迟，有一种鱼从一众休渔季结束的鱼汛中，曼妙从容地占领了单位食堂、酒店宴席和家庭餐桌。人们从口舌荡漾到眼底悦然，皆觉此鱼可爱，这便是舌头鱼。

渔谚有"春花秋鳎"之说，即春季吃圆斑星鲽（俗称"花片"），秋季吃半滑舌鳎，更有寻味鲜美的意境。半滑舌鳎就是青岛人常说的舌头鱼，因为头小刺少、出肉率高，深受岛城市民青睐。

在很多人的印象里，以前舌头鱼并不多见，属于20世纪七八十年代比较罕见的小众鱼。这是由于舌头鱼作为野生海鱼，繁殖能力较弱，产量低。世纪之交，鲆鲽鱼类工厂化养殖迅速发展，最终实现舌头鱼的全面大众化。

舌头鱼的内脏团小，出肉率高，鱼肉饱满细嫩，口感爽滑，久煮不老，无腥味和异味，具有特殊的芳香味道，属于高蛋白、低脂肪、富含维生素和胶质的优质比目鱼类，被列为我国传统名贵鱼种。

舌头鱼在很多地方都有不同的叫法，比如鳎米、牛舌、鳎目、龙利、狗舌、鳎沙、牛目、鳎板、鞋底鱼等，不一而足。这种鱼刺少，只有中间的主刺，可谓老少咸宜。

作为优质的海洋鱼类，舌头鱼入口清香回甘，在秋季一众门类琳琅的鱼类中熠熠生辉。很奇怪，喜欢吃舌头鱼的食客不在少数，但是大家对舌头鱼的吃法，却意见高度统一，非"焖"即"炸"。

通常，以男性成人手掌大小为界，一拃以下的舌头鱼，采用简单炸制的方法烹饪，头尾和鱼鳍炸至焦脆，鱼肉则鲜香扑鼻、入口即化。舌头鱼的肉并不厚实，薄薄的一层鱼肉紧贴鱼骨，但胜在刺少肉多，几乎没有什么鱼腥味，油炸的香气与鲜腴的鱼肉，叠加为一种格外迷人的"海洋款"烟火气。

大的舌头鱼则直接简单酱焖，只需要用最基础的葱姜蒜打底，加少许白糖和酱油清炖，最后收汁，便是大放异彩的一道鱼鲜。如果再配上一碗喷香的白米饭，将鱼汤拌入其中，简直是赛过活神仙。🔴

最是春风里的一抹鲜

"盛春的崂山流清湾，晨曦初晓，伴随着沙滩上动人的号子声，沿岸拉网的勇士们满载而归，当地面条鱼鱼汛也已接近了尾声。每年四月末至六月中旬的面条鱼近岸拉网活动，在当地已经有几百年的历史，运气好时一次拖网就可以收获 600 多斤面条鱼。在远近闻名的东麦窑村，拉网捕鱼早已失去了往昔谋生糊口的意义，更多承载的是一份乡土的记忆和渔获的乐趣。"青岛一位民俗专家如是描写与面条鱼有关的拉网节。

众所周知，青岛的鲅鱼节和蛤蜊节已经是名声在外，但专门为面条鱼设立的拉网节恐怕很多人还不太熟悉。不过，在沿海渔港，各种海鲜不胜枚举，能够拥有自己节日的海鲜恐怕也只是凤毛麟角。另外，在青岛的西海岸，琅琊镇周围海城盛产的面条鱼亦是当地的农产品地理标志之一。所以说，别看面条鱼个头不大，也不起眼，却自带光芒。

面条鱼，学名玉筋鱼，属于冷温性小鱼，分布在北太平洋以及我国的黄渤海区域，生活在海水的中上层，有钻沙的习性，以浮游生物为食。因体形酷似山东农家的面条，在青岛本地俗称"面条鱼"。

面条鱼是属于春天的一道清奇之光。除了为其而设的拉网节，青岛的沿海渔村也在春天破例为面条鱼做应季的甜晒鱼。四月中旬，在青岛的渔村，近海处，点点渔船拖着网来回游弋；岸边的架子上，晾晒的面条鱼在春天的暖阳里银光灿烂。要知道，甜晒鱼通常是佐秋风的，能在春风里享受这一待遇的，面条鱼算是其中一种。面条鱼干用来烤着当零食吃，或者蒸熟后拌凉菜，都有嚼头、有鲜头、有吃头。

清代潘荣陛在其编撰的杂记《帝京岁时纪胜》中曾提到：小葱炒面条鱼，为三月之时宜。这里的三月指农历三月，对应时下，却正是四五月间。在青岛，也有将面条鱼炒着吃的一种做法，不过配菜多为春韭，这其实与春日的小香葱都属于一类春天的美好菜蔬。当然，面条鱼最多的吃法还是油炸。因其体形较小，可痛快干炸至酥脆，鱼的鲜从油炸的香气中喷薄而出，最是春风里的一抹鲜。🔶

此黄鱼非彼黄鱼

日本作家池波正太郎的《鬼平犯科帐》中有很多有趣的美食桥段，因此深深吸引了众多吃货读者。书中的主人公长谷川平藏最爱吃的煮大泷六线鱼，更是让人垂涎三尺。

大泷六线鱼是什么鱼呢？其实我们都吃过，那就是青岛人所说的黄鱼，又被誉为"北方石斑鱼"。当然此黄鱼非彼黄鱼，青岛的黄鱼是指大泷六线鱼。而苏浙沪等南方沿海的黄鱼则特指大黄花鱼和小黄花鱼。

大泷六线鱼听上去的确有点像日本名字，其实有一种说法还真是如此。"大泷"这个名字源自日本明治时代的鱼类学者大泷圭之介，是他将大泷六线鱼的标本带给一位著名的美国鱼类学家，也就是后来为这种鱼命名的人。"大泷"和"六线鱼"是两个意思，"大泷"类似一个人的姓，"六线鱼"则是因为它属于六线鱼科。

话题重回青岛的黄鱼。这种鱼体长在 30 厘米至 40 厘米，少数可达 60 厘米。黄鱼在青岛近海十分常见，特别喜欢咬钩，是海钓人士的挚爱，也是市场中出现频次最多的海钓鱼之一。但是能够遇到基本靠缘分，所以价格从来都不便宜。

黄鱼是青岛人最喜欢吃的家常鱼种之一，小一点的黄鱼的烹饪方法不是寻常的油炸或者煎制，而是与豆腐一同炖汤。黄鱼豆腐汤在不太擅长煲汤的青岛人手里，可谓是封神之作，奶白色的鲜汤一碗便胜人间无数。黄鱼另一种出神入化的做法则非常平淡，其实就是家常的酱焖。这种做法类似福建人的酱油水鱼，简单的烹饪方式凸显黄鱼肉质的美味，当然这道鱼可以与白米饭组成神奇的下饭搭档。

青岛多日本料理店，也多日本料理的爱好者。黄鱼游进日料店之后，自然是入乡随俗，被用来做成刺身或寿司生食，鱼肉的弹韧和鲜甜被日式蘸料充分激发出来，可谓是另一重惊艳的鲜美。

扒皮鱼和剥皮鱼去哪里了

网上的信息几乎都将扒皮鱼和剥皮鱼视作一种鱼。在海洋生物专家那里，这是属于近亲的两种鱼。扒皮鱼的学名为绿鳍马面鲀，剥皮鱼的学名则叫作单角革鲀。两者从外形看，都为长椭圆形，体态相仿、模样相近，都属于近海底层鱼类，外面如同盔甲一般的皮都需要剥去才能食用。

当下，市面上的海鲜恰似暮春百花盛开，但唯独扒皮鱼和剥皮鱼仿佛在一夜之间淡出了人们的视野。偶尔在青岛市场上出现，价格也不便宜，顾客多是中老年人。对他们来说，与其说在吃一种新鲜的滋味，不如说是在吃一种回忆和情怀。

20世纪七八十年代，扒皮鱼和剥皮鱼是青岛常见的海鱼，那时候海水养殖不甚发达，这两种鱼是仅次于刀鱼的经济鱼种，百姓俗称为面包鱼。在计划供应时代，面包鱼也是平时可以敞开购买的鱼之一，一斤的价格只有一毛钱左右。老百姓通常买上几十斤，回家狠狠地红烧一顿，让家人大快朵颐一番。剩下的则剥去外皮，加盐风干，做成冬日的储备食物，慢慢享用。

那时候的冬天，北方几乎家家户户都生炉子。炉子可算是复合型家用大件，功能集现在的暖气、燃气灶、电热水壶、烤箱于一体。可取暖、可做饭、可烧水，炉灶下接煤灰的空间可以烤地瓜、烤芋头。在烤类似馒头片、包子、面包鱼干这样精细的食物时，一般在炉子上方搁置一个铁架子，防止食物被煤灰弄脏和烤煳。

在老一代青岛人的印象中，面包鱼干与诸多美好的记忆有关。那时，冬天的应季食材不过是白菜、土豆、地瓜和萝卜。于是，就有很多人家在秋天面包鱼上市的时候，腌渍和储存了很多这种鱼干。冬季，外面冰天雪地，一家人围坐在火炉旁，一边烤馒头片一边烤面包鱼干。在炉火明明暗暗间，加热烤制后的鱼干散发出一种甜美而隽永的焦香。多少年里，很多人在阅遍无数美味后，依旧怀念当年的鱼干，怀念这种就地取材的美味智慧。

这几年随着重庆火锅的走红，剥皮鱼作为吃重庆火锅必涮的几道菜之一，又成为新晋网红。虽然市面上统称在重庆叫耗儿鱼的食材为剥皮鱼，实则这种鱼混合了扒皮鱼和剥皮鱼两种鱼，也是很多内地火锅采用的海鲜食材，多产自南方海域，被剥去皮后冷冻，作为一种类似鱼丸、虾丸的快餐火锅食材，供应全国。

　　不过，在青岛人这类嘴巴刁钻的沿海人吃来，耗儿鱼的滋味几乎上不了台面。不知冷冻过多久的鱼，早已失去了鲜鱼特有的品质与味道，全靠重庆牛油火锅的"麻、辣、油"，慢慢唤醒海鱼特有的鲜美。不过，在众多调味料的"围攻"下，耗儿鱼也不过等同于黄喉、百叶这样的荤类食材，以涮的方式满足食客的初级要求。

　　扒皮鱼和剥皮鱼还可以做成烤鱼片，由于这两种鱼只有一根主刺，油脂丰盈，*丝丝鱼肉仿若螃蟹肉*，倒也是海鲜小食中的一抹清流。🔖

◎ 扒皮鱼

一条小杂鱼的理想主义

有一个关于吃的段子，讲的是青岛人如何以"一鱼"应万物。"外地人：我有羊肉汤。青岛人：我有逛鱼汤。外地人：我有鸭血粉丝汤。青岛人：我有逛鱼汤。外地人：我有胡辣汤。青岛人：我有逛鱼汤。外地人：我有排骨汤。青岛人：我有逛鱼汤……"

于青岛人眼里，这逛鱼汤就是暖心、物美、价廉的十全大补海鲜汤，营养美味，好吃看得见。任你有千款靓汤，我有一例逛鱼豆腐汤，便可"以一抵千"。虽然这里边有开玩笑的成分，但是在一众海鲜中貌似很不起眼的逛鱼，绝对是青岛人心目中的美好食材。

逛鱼学名为矛尾复虾虎鱼，个头不大，也不出名，但肉质鲜嫩，刺少而细软，是青岛老百姓最爱的小杂鱼之一。逛鱼是青岛常见的海钓鱼种之一，在两合水或海水里都能生长，小鱼、小虾、小螃蟹，甚至连海肠、海参都是它的食物。或许由于食性杂，逛鱼格外鲜美清亮、营养丰富。

在青岛人的菜谱里，逛鱼是一种非常"随和"的海鲜食材。可以自成一道菜，做红烧、油炸、干锅、炖汤和涮火锅，也可与其他鱼一道做成美味的杂鱼锅。当然，在青岛，最深入人心的做法莫过于逛鱼炖豆腐，王哥庄的海水豆腐尤佳。一般将逛鱼用油略微煎一下，加热水和豆腐一起煮，起锅的时候加一点盐和香菜，就能做出一道如同牛奶一般白而纯的靓汤。据说，青岛许多哺乳期的妇女非常喜欢喝这道汤，既解馋还催奶。也难怪，这些婴儿长大后，对逛鱼炖豆腐汤亦是欲罢不能。

这条鱼是初冬的暖光

　　初冬，青岛还不算冷，风景也沉醉在无边的秋色里。这个时节，有一种鱼大量上市，价格便宜到让你怀疑人生，数量也极多，这就是青岛人俗称的红头鱼。

　　红头鱼学名为小眼绿鳍鱼，主要分布于我国北部各海区，在渤海、黄海、东海之中都有，是一种量大而分布广泛的鱼种，具有洄游的属性。这是一种非常低价的野生鱼，也是青岛最便宜的海鱼之一。早市上，有时能卖到十元一斤，价格堪比"白菜价"。

　　红头鱼体形小巧纤细，通体泛着红色，头大尾巴细，青岛当地渔民形象地称其为"红娘子"或"红绣鞋"。早年间，

◎ 红头鱼

由于红头鱼太便宜，渔民都不愿意占用资源打捞，更热衷于朝价格贵的刀鱼、鲳鱼、鲅鱼等海鲜"下手"。但当下由于有了"野生鱼"的光辉，这种此前多用作"鱼饲料"的廉价鱼，也慢慢成为人们餐桌上的主要海鲜。

青岛的红头鱼大多是近海捕捞的，单条重量以二三两居多。想要捕捞到六七两以上的红头鱼只能前往深海。虽然是一种身价不高的鱼，但红头鱼红彤彤的外表看上去非常喜庆、吉利，所以在青岛当地的渔村，重量超过一斤的红头鱼一般会成为人们腊月里走亲访友的馈赠佳品。

很多内陆人都不知道红头鱼为何物。这是因为红头鱼的保鲜期非常短，一般上岸后短短几小时，就会变得不那么鲜亮与灵动，品相与品质呈断崖式下滑。所以，这种鱼即使在冷链物流系统发达的当下，也多在产地销售。百姓的生活智慧实用又奇妙，当地渔民在捕捞到大量红头鱼的时候，会迅速将鱼从肚皮处剥开，撒盐风干，做成红头鱼干。

对于新鲜红头鱼，青岛人做得最多的就是质朴的红头鱼汤。因为红头鱼太便宜，大家都不需要用豆腐和蔬菜这样的食材来配搭了。只用鱼，只用红头鱼，只炖浓稠的、纯正的红头鱼汤。红头鱼肉质紧实鲜美，久炖不烂，除了做鱼汤，顺便也可以做一道红头鱼卤面。

做这种海鲜面卤需要先将鱼加盐腌制，撒上葱姜蒜，刷上花生油，放大锅里蒸。熟了后，用筷子夹起一条鱼的大刺一抖，雪白的鱼肉就掉落下来。然后起锅烧油，加入葱姜丝爆锅，再加入开水，煮开后倒入刚才的鱼肉和蒸鱼汤，再开锅后淋上鸡蛋花，撒上绿色的香菜，一道完美的红头鱼卤子就出锅了。浇在现煮的手工面条上，红黄绿"秀色"可餐。喝一口，一下美回了"往事如昨"的妈妈味道。

黄姑鱼和白姑鱼之释疑

◎ 黄姑鱼

很多老渔民谈起耳熟能详的海鲜，就像谈起自己的晚辈。他们通常会以拟人化的口吻为人们释疑，听来比海洋专家的科普更加有趣通俗。比如在谈起青岛人爱吃的黄花鱼的时候，他们形容黄花鱼有七兄弟，除了大黄花鱼、小黄花鱼，还有梅童鱼、鮸鱼、黄姑鱼、黄唇鱼和毛鲿鱼。

当然也有渔民会把跟黄姑鱼近似的白姑鱼也列入其中。其实，这些鱼都属于硬骨鱼纲的石首科，不过白姑鱼又属于石首科下的白姑鱼属。石首科的鱼最大的特征是耳石发达，脑袋中有两颗鱼石。

早年间，海水养殖不甚发达。黄花鱼都是野生鱼，丰腴鲜嫩的鱼肉滑过口腔，像是灵动又轻柔的浪花在味蕾绽放。那时候，野生鱼的产量根本满足不了大众的需求，于是就有人用黄姑鱼冒充黄花鱼。黄花鱼和黄姑鱼长得非常像，不过二者在鳞片密度等方面有一定区别，黄姑鱼的身体背侧有许多斜向前下方的波状条纹，在肉质上，也是黄花鱼的鲜嫩程度更胜一筹。

时光流转到当下，青岛市面所见的黄花鱼，无论大小，几乎皆是养殖系，遇到野生黄花鱼的概率与彩票中奖无异。这种情况下，野生黄姑鱼终于可以扬眉吐气，不必再忍受当年位于黄花鱼之下的憋屈。其实，青岛的野生黄姑鱼品质一直非常不错，刺少肉厚，肉质较鲜，口感紧实。尤其黄姑鱼还自带一道光环，那就是正宗野生黄姑鱼的鱼鳔被称作白花胶，价格不菲，孕妇食之有养胎之效。另外还有止血、止痛、养颜、促进伤口愈合、治胃痛和腰骨痛等功效。白花胶素有"花胶之冠"的美誉。在白花胶的加持下，黄姑鱼一跃成为最有补品气质的海鱼之一。

与黄姑鱼外形以及名字相似的白姑鱼，虽然在早年不需要"化妆"成什么高贵的鱼来自提身价，但是因为有黄花鱼的存在，也并不是什么紧俏的鱼种。不过，当下的白姑鱼同样以"野生"的概念重生，人们对它的好感度大大提升。白姑鱼是营养价值很高的鱼类，尤其对产后女性而言，有催乳的作用，也算另辟蹊径地进入新晋网红鱼行列。

黄姑鱼和白姑鱼在青岛的俗称分别为黄姑子和白姑子，听起来就像家里的长辈，充盈着家常的气质。这两种鱼的吃法也是非常多样，红烧、清蒸、炖汤、入馅均可。🔴

岛上有奇味

◎ 老板鱼

在一众海鲜中，老板鱼可谓长相奇特，有很高的辨识度。这种学名为孔鳐的鱼据说在海中非常沉稳，所以被"尊称"为老板鱼。如果一打眼看，老板鱼的色系以及形体与鮟鱇鱼像是近亲。不过老板鱼平实纯朴的样子，更易被大众所接受，所以也就没有那么多七七八八的俗名。

尤其近年来，老板鱼由于富含镁元素，对心血管系统有很好的保护作用，成为保健价值与美食价值兼具的"双百分"鱼种，愈加受到欢迎。老板鱼历来以个大为王，个头越大越受欢迎，两斤以上的老板鱼通常一鱼难求。这是因为老板鱼的鱼肉以厚实取胜，大鱼格外肥美，一丝丝的鱼肉吃起来也更过瘾。

在北方沿海地区，老板鱼并不是青岛独有。但青岛人很早就用心烹饪老板鱼，即使在物质条件不甚充裕的时候，对老板鱼也是"精细雕琢"，这也体现出了青岛人乐观豁达的生活态度。所以，说老板鱼是"岛上有奇味"的代表之一也不为过。

新鲜的老板鱼用来炖豆腐和家常红烧都十分鲜美，并无特别新奇之处。晒成鱼干的老板鱼，就像撕牛肉干那样用手撕成一条条的肉丝，在春节拌白菜心吃，是招待贵客的高级"年货"。鱼干蒸熟后蘸蒜泥吃，也是个别渔家饭店下酒菜里的硬通货。

老板鱼的鱼骨是鱼类中少见的软骨，刺不扎人，脆嫩可嚼。由于鱼骨富含胶质，有的老饕特地将鱼清炖后，冷却起胶做成鱼冻。做成成品的老板鱼冻像一块块透明的米色啫喱，尤其是包裹着老板鱼肉的鱼冻，又有些琥珀的意思，精致到仿佛艺术品，令人不忍下箸。有人说，如果非得要形容老板鱼冻的美味，那应该可以对标传说中的"凤髓龙肝"。虽然后者谁也没吃过，有些夸张之意，但老板鱼冻跟猪蹄子冻有云泥之别，倒是千真万确的。

被颜值耽误的鱼有多好吃

◎ 鮟鱇鱼

　　有人评价鮟鱇鱼，说它有多丑就有多好吃。它们的体色通常为深棕色，面目狰狞，一张血盆大口，里面长满了锋利的牙齿，整体感觉难以名状。青岛人更是针对它其貌不扬的外形，调侃似的给其取了蛤蟆鱼、大丑鱼、结巴鱼这样俗气到家的名字。这也难怪，有的地方也是因其一言难尽的丑萌长相，给其起名为"海鬼鱼"。当下，随着鮟鱇鱼的价值为越来越多的国人所重新认识，人们更乐意叫回它的本名。毕竟，鮟鱇谐音"安康"，这可是一个异常美好、温暖和吉利的名字。

　　实际上，鮟鱇鱼是一种被颜值耽误了的高营养深海鱼，而且是世界性鱼类，在大西洋、太平洋和印度洋都有分布，为世界各地的人们提供美味。在欧洲和北美，有数百万人喜欢吃这种味道鲜美且富有营养的大鱼，它因此常常被称为"穷人的牡蛎"。很多人认为鮟鱇鱼的肉质紧实绵密、富有弹性，口感似回味无穷的龙虾肉，因此鮟鱇鱼又有"穷人的龙虾"之美誉。

在日本的江户时期，鮟鱇鱼是高级的贡品，被称为"长寿鱼"，有"东部吃鮟鱇、西部吃河豚"的美名。鮟鱇鱼肉常常是日本海鲜火锅的首选食材，香酥鮟鱇鱼骨也是一款非常别致的天妇罗。鮟鱇鱼肝更是因为味道鲜美，被称为"海中鹅肝"，入口顺滑满口绵密，甚至可以媲美法国鹅肝，常用在日本寿司中。甚至近年来，还有商家将鮟鱇鱼肝制成各类耐贮存食品进行销售，方便人们一年四季都能品尝到鮟鱇鱼肝的美味。

一直以来，青岛人对鮟鱇鱼是有不少误解的，无外乎其长相丑陋奇特，繁殖能力强，产量大，价格一直非常低廉。但随着近几年"野生鱼""深海鱼"这类概念的崛起，认识并爱上鮟鱇鱼的食客越来越多。冬季正是鮟鱇鱼最肥美的时候，食法也很简单，将新鲜的鮟鱇鱼肉、鱼骨配上白菜、菌类煮成一锅，便是难得的美味。

鮟鱇鱼如果是做酱烧，一定多一道类似做红烧肉的程序，那就是将其剁块后飞水，这样可以去除一些比较冲的腥气，鱼肉吃起来更接近牛蛙肉、蟹肉或者说龙虾肉的口感。青岛人烧鮟鱇鱼多与豆腐搭配，出锅时，鮟鱇鱼多了豆腐的植物香味，而豆腐则满是来自大海深处的鲜味，怎一个美字了得。

我是大头腥，我还是鳕鱼

很多食材一进入青岛，当地人就会依照自己的喜好，为其另外起一个具有鲜明地域特征的"俗名"或者说"外号"。比如太平洋鳕鱼就是青岛人俗称的"大头腥"。用当地方言讲出来，透着那么一股草根味儿。太平洋鳕鱼与大西洋鳕鱼、格陵兰鳕鱼同属最正宗的三大鳕鱼品种。

很多文艺青年以为的优雅迷人、常年出没于西餐厅的鳕鱼是大西洋鳕鱼，跟青岛的大头腥都属于鳕鱼。大西洋鳕鱼是英国炸鱼薯条的主要食材来源，英国和冰岛为了鳕鱼，曾三次开战，打了近二十年的仗。"啥，为了这货？"估计青岛当地渔民得知大头腥的"亲戚"竟然这么洋气、这么"高级"，得把笑声放大成"二踢脚"爆竹。

大头腥是青岛的平民海鱼，以底栖小鱼虾为食，是北方沿海出产的主要海洋经济鱼类之一，个大、味美、价廉，纯野生，产量大，蒜瓣肉很是实诚。每年进了腊月门，便会迎来大头腥的渔汛。这种以前不怎么被人待见的鱼，现在不仅被见多识广的青岛老饕普遍认可，甚至成为当季各大酒店的主打"硬菜"。

大头腥之所以突然扬眉吐气，除了因其是生长于冷水中的"野生货"，还没有实现养殖以外，还与目前捕捞与冷冻技术的进步有关，技术的进步改善了大头腥早年因为上岸时间太久而肉质发柴、腥味重的问题。这几年，市场上偶尔会出现活蹦乱跳的大头腥，也算是青岛海鲜市场的一件新鲜事儿。活的

◎ 无名

大头腥很是抢手，在一众"躺平"的鱼中甚是扎眼，一跃成为"网红"级的海货。

大头腥的鱼肚子里有不少"货"，这是些什么东西呢？雌鱼的肚内当然就是鱼子了，雄鱼的肚内则是它的精囊。据说繁殖季节来临时，雌大头腥肚内能生出大量鱼卵，而雄大头腥则需储备大量的精子。在雄鱼死后，这些精囊呈固体状，被青岛人俗称为鱼花，也有叫鱼白或鱼面的，其实都是一种东西。

现在的大头腥可算被食客们"玩坏了"。顶级新鲜的，一定要切成日式生鱼片，吃它个酣畅淋漓；没有那么新鲜的呢，便做成鱼片，要么涮，要么做成沸腾鱼或酸菜鱼；整条大头腥呢，照样可以仿照经典淡水鱼的吃法，做成香气四溢的烤鱼；当然最常见的，则是青岛人的家常烧大头腥，一般的做法是将鱼切成段，与豆腐同烧，这两种食材的味道彼此交融渗透，散发出迷人的味道，这道菜是春天最美味的家常菜之一。

大个头的大头腥太适合"搞事情"了。乐得搞花样的年轻人，则将大头腥玩成了情调，模仿西餐的做法，将大头腥煎制后，挤上柠檬汁，味道十分清新；不厌其烦的老年人，干脆在鲅鱼没有上市前，将对鲅鱼的无限情愫注入大头腥，将其厚实的鱼肉剁成肉馅，做成大头腥饺子和大头腥锅贴，味道完全不输经典的鲅鱼饺子。🔖

青岛第一炸鱼

青岛海鲜争奇斗艳，但若提到炸鱼界第一把交椅，想必大家会推荐鼓眼鱼。炸鱼是青岛酒店、食堂和家庭最常见的菜式之一，稳占炸鱼"C 位"的莫过于鼓眼鱼。这种鱼价格适中，肉质鲜美，味道纯正，圈粉无数，在民间有青岛第一炸鱼的美誉。

鼓眼鱼，青岛人也叫高眼鱼，与当地人爱吃的另一种偏口鱼非常相似，价格却相差甚远。鼓眼鱼的价格通常是偏口鱼的两倍。两者外观也有明显的差异，鼓眼鱼比较圆润，肉质洁白细腻厚实，没有鳞；而偏口鱼有鳞，体态椭圆，最主要的是肉质没有鼓眼鱼肥腴细腻鲜亮。不过，鼓眼鱼的学名是角木叶鲽，它与偏口鱼、牙片鱼等外形非常近似的鱼类，都属于"鲽"字辈，算是近亲。

通常来讲，做炸鱼适合用相对偏小的鱼。因此，女孩巴掌大小的鼓眼鱼尤其受到推崇。炸制这种个头的鼓眼鱼通常可以将头尾炸酥脆，又较好地保持外焦里嫩的最佳状态。有的人不喜欢鼓眼鱼的单面黑色鱼皮，会在洗鱼的时候去掉，这种做法通常适用于饭店。若去不掉，在炸制过程中，翻面时很难完好地保留整片鱼皮，容易导致最后炸出的成品斑斑驳驳，美感大打折扣。但又有人非常喜欢鱼皮炸制后的香腻口感，甚至认为厚实的鱼皮经过热油的洗礼后，自有一番美妙的滋味，可以撩拨到味蕾。

青岛炸鱼的家常做法通常是先用盐、料酒、葱姜腌制，然后再裹上一层面，下锅炸。但对于鼓眼鱼，便只需要用一点细盐腌制调味即可。因为过多的调料反倒会抢了鱼本身的鲜味。

正所谓百食百味。很多太小的鱼，往往是被买家嫌弃的。但是有一类食客就喜欢买婴儿手掌大小的鼓眼鱼，这种大小的鱼炸制后，因体形小，鱼骨都可炸脆，整条鱼可直接入口，吃起来爽快，既免除了鱼刺卡喉之忧，又有香酥滑嫩的鱼肉在齿间逗留。当唇舌刚被外表的油炸之香迷醉过后，鱼肉的鲜爽清香充盈口腔，风味别致，平实的幸福感像大海的波浪层层荡漾而来。

民间至爱黄花鱼

　　江浙沿海地区对黄鱼有一种无与伦比的爱。在青岛，大黄鱼与小黄鱼被统称为黄花鱼。大的为大黄花，小的为小黄花。虽然从学术意义上来讲，大小黄鱼并非一个鱼种，但是很多青岛人还是习惯将这两种鱼归为"一家子"。

　　中国人吃黄鱼的文字记载，最早可以追溯到春秋战国时期。相传，吴王阖闾与东夷人作战，双方粮草殆尽之时，忽然看到海上有一片"金色"，原来是黄鱼鱼汛。吴军捞起烹鱼，而东夷人却一条都没捕到，饥饿之下，只能投降。后来吴王发现黄鱼脑袋中的两颗白石，便将其取名为石首鱼。

　　黄花鱼是我国重要的经济鱼种。实际上，很多年里，黄花鱼尤其是小黄花鱼是非常有群众基础的一种鱼。明末清初苏州戏曲大家尤侗曾经写过："杜陵顿顿食黄鱼，今日苏州话不虚。门客不须弹铗叹，百钱足买十斤馀。"可见黄鱼是应季吃食，价廉物美，大为畅销。总而言之，这种可爱好吃的鱼不仅在北方沿海地区受欢迎，在讲求精致、以河鲜为尊的江南，也是顶顶受到青睐的。

如果在青岛评选上桌率最高的一种鱼，小黄花鱼绝对会没有悬念地入选前三名。小黄花鱼具有超强的"亲和力"，可油炸、可红烧、可化身鱼泥做馅料。炸小黄花鱼是食堂中常见的一道菜，鱼身通常炸得焦香酥脆，泛着"妈妈的味道"。很多青岛人家红烧小黄花时，先将黄花鱼洗净码好，用葱姜蒜爆锅，加入料酒和酱油后添汤，再把小黄鱼放入锅中，用小火咕嘟到汤汁黏稠。用鱼汤拌米饭被奉作最神仙的一种吃法，一粒粒的米饭被鱼的鲜味包裹，似乎比吃鱼肉更有味道。

宁波的"咸齑大汤"则是江浙"包邮区"对黄花鱼的最高礼遇。先将黄鱼用猪油微煎，然后冲汤撒入雪菜，直滚到汤白味浓出锅。吃时先喝汤，再吃鱼肉，最后嗍骨头，用宁波人的话说，就是很"飘"。

在青岛，鱼饺子可谓深受青睐。散文家梁实秋在其文集中，以"顶精致"形容黄花鱼饺子，一个"顶"字确立了黄花鱼饺子在鱼馅水饺界的江湖地位。"黄花鱼面"也是这几年很流行的一种网红小面，一定要用小黄花鱼才能产生鲜美爽口的味道。这种小黄花鱼要很用心地去骨，取两片肉，将鱼骨和鱼头熬汤后下面，然后将煎过的鱼肉放入其中，汤、面、鱼俱鲜。青岛的小黄花鱼干则是很多老饕钟爱的下酒菜和女孩钟情的零食，鱼干脆、鲜、香，价格也很划算，在民间甚是流行。

全国各地男女青年订婚的习俗各有不同，可谓一地一俗。在青岛，订婚聘礼中一般少不了六条同等重量的"大黄花"，这其中的谐音含义，也是不言而喻了。🔖

鱼

说

黄尖子的春天

　　时间向前，口味演变。有一种鱼，跨越了几代人的记忆，串联起几代人对美食的好感，这就是在令人眼花缭乱的众多海鲜中，像小草一样平凡的黄尖子鱼。黄尖子鱼是典型的时令海鲜，只在万物蓬勃的春末麦收前后才有。尤其在农村，新鲜上市的黄尖子鱼配上新麦子面粉擀的单饼，再卷一点当季的香椿芽点缀，那种属于春天的一口香，简直是一绝。

　　黄尖子鱼，学名黄鲫，在很多地方还有马口鱼、麻口前、毛口国、鸡毛鳓、黄雀、赤鼻、白赤、茫口、薄鲫、薄口、油扣等七七八八的俗名。黄尖子鱼平时生活在十几米深的海域，每年春初香椿发芽的季节，它们会洄游到浅海区，这是捕捞的最佳时节。这种"体扁薄、背缘稍隆起"的小鱼，一般体长

12~15 厘米，体重 20~30 克。

黄尖子鱼体形很单薄，鱼肉紧紧包裹住鱼刺，但鱼鳞富含丰厚的油脂，这也是这种鱼的迷人"噱头"。早些年民间尤爱黄尖子鱼。首先是因为其价廉、量大，属于那个年代可以轻易获取的时令海鱼；其次，这种鱼油脂旺盛，在肚子缺油水的时代就特别受到追捧；味道鲜美可口，也算必要因素，但只能放在最后。另外，吃黄尖子鱼连买钙片的钱都可以省了，这可算是吃饱喝足后的一项附加条件。

在计划供应时代，每家每户每人的食用油是定量的，做黄尖子鱼的时候是除了年节之外，比较奢侈的可以放肆用油的时刻。油炸是首选，一定要将鱼连同鱼刺和鱼骨炸酥炸脆，咬一口，便可产生"咯吱咯吱"的清脆音效。退而求其次的选择是油煎，爱好者的理由从来不是油煎可以节省食用油，而是美其名曰黄尖子鱼的鱼鳞本身盛产油脂，放一点油当"引子"，用慢火来煎鱼，鱼油便会渐渐香溢而出。那是一种满含大自然味道的鱼油之香，吃的就是这个原味之美。

吃这种小火煎酥的黄尖子鱼，不用担心鱼刺。不仅是细小的鱼刺，就连黄尖子鱼的大刺也酥了。家有老人和儿童的更适合多做一些。海边生活的人从来不缺乏关于吃的创造力。你的大脑联想不到的食材，经过他们的搭配烹饪，也会让你的味蕾连连叫好。春天，在太平洋暖湿气流带来的和风细雨中奋力生长的鲜嫩香椿，和被强劲的黄海暖流滋养了一个冬季的肥美黄尖子鱼，一陆一海，一素一荤，在一切都让人安心的春天里，这两种鲜美的食材碰撞在一起，光是想想，就让人垂涎三尺。

加吉鱼的高冷范儿

◎ 加吉鱼

1975年夏，著名画家吴冠中先生去崂山写生时迷路，热情的渔村主人请他们一行吃了一顿名贵的红磷加吉鱼。后来别人捡了一块很坚实的崂山石送他，他请人在上面刻了四个大字留念：误入崂山。后来这段故事被收录在他的自传《我负丹青》当中。其实，吴先生周游写生所到之处众多，将"误入崂山"的故事专写一篇，相信这不仅仅是因为崂山之美给先生留下了深刻印象，还因为当地淳朴的渔民将招待贵客的红加吉鱼奉与吴先生，这份特殊的礼遇亦成为这份珍贵"情感"的缘起。

加吉鱼学名真鲷，在日本有"海水鱼之王"的美誉，属鲈形目的鲷科。它前端较圆，通体呈现淡红色，一般体长在250~400毫米，大者单尾重量可达3公斤。加吉鱼为近海暖水性底层鱼类，常栖息于底质为泥沙或水质清、砂砾粗糙的近海水域中。在我国的南海、东海、黄海和渤海有产，是黄渤海名贵经济鱼种。"真鲷"之名最初来源于日本，"真"的意思是指它们在鲷鱼中最为常见。真鲷通体粉红铮亮，作为观赏鱼，也很美艳，在日本因美味和吉祥的寓意而备受推崇，经常在新年和婚礼等喜庆场合的宴席上出现。

在青岛人的传统春节年夜饭桌上，如果能有一尾红烧加吉鱼，一定会平添一份喜兴。青岛民间对此鱼有这样的说法："加吉，加吉，吉上加喜；加吉，加吉，喜上加利。千百年来，人们对加吉鱼寄予了厚望和更多的期待，加吉鱼也成为喜庆、吉祥、幸福、美满的象征。小到逢年过节、结婚庆典、寿诞之喜，大到国宴会议，有条件时必上加吉鱼这道菜，以祈求大吉大利、连年有余（鱼）、夫妻恩爱、早得贵子、福寿延绵。"

《记海错》称赞说："登莱海中有鱼，厥体丰硕，鳞鳍赪紫，尾尽赤色。啖之肥美，其头骨及目多肪腴，有佳味。率以三四月间至，经宿味辄败……土人谓之嘉鯕鱼。"真鲷还有一个俗名叫"家鸡鱼"。乾隆元年（1736）《山东通志》卷二十四《物产志》释曰："俗作家鸡鱼，以肉洁白似鸡。"还有另一种解释，即因该鱼贵重，在平常百姓家，宴席上有此鱼即可抵家鸡。青岛以及周边的鱼卤面，开卤用的主料即为加吉鱼，有增加吉利的寓意。

加吉鱼品质上乘，营养丰富，肉质细腻，满口余香，称得上鱼中珍品。而青岛向来有"加吉头、鲅鱼尾"的说法。不过这几年，鲅鱼的吃法逐渐丰富起来，加吉鱼却愈显"高冷"。

　　新鲜的加吉鱼多被做成生鱼片和鱼片粥，且价格不菲。因为加吉鱼的鱼鳞特别厚，鱼鳞掩盖下的鱼肉洁白细腻，入口鲜香不腥，而且新鲜的加吉鱼鱼肉白皙通透，味道清新，十分适合制作刺身。红加吉鱼生鱼片的颜值尤其亮眼，喜庆红色的造型，晶莹下翻的鱼片，像大海的波涛，令人赏心悦目，不忍下箸。

　　青岛还有一种加吉鱼，本地人叫"黑加吉"。虽然也叫加吉鱼，但它和真鲷同科不同属，属于鲷科棘鲷属，学名叫作黑鲷，为浅海底层鱼类。黑鲷虽然也属于市场上常见的高级食用鱼，味道鲜美，但其地位与真鲷还是无法相比的。

一条鱼一桌宴

一鱼两吃，不是个稀罕事儿。但如果要把一条鱼煎炒烹炸、蒸煮炖烧，做一桌全鱼宴，牙片鱼是妥妥的首选。

作为名贵海产鱼类，牙片鱼在青岛产量较多。这种鱼原产于大西洋北部海域，后来逐渐在太平洋西部也有较多的分布了。在俄罗斯、日本等国家，每年会捕捞大量的牙片鱼，不过他们只吃鱼身，很少会吃鱼头，因为鱼头的肉很少，刺很多，被认为没有食用价值。到了中国，鱼头反倒派生出极具中式特色的花样吃法。营养学家指出，牙片鱼富含油脂。清蒸牙片鱼时明显能看到很多油脂渗出，这种油脂中的不饱和脂肪酸含量较高。不饱和脂肪酸有助于维持体内脂肪酸平衡，调节血脂，降低血胆固醇。

青岛人通常将牙片鱼称作牙片，连"鱼"字都省略了。牙片鱼体呈卵圆形、扁平，双眼位于头部的同一侧，是比目鱼的一种。学名为牙鲆，又称"褐牙鲆"，甚至不能说成"牙鲆鱼"，因为鲆已带鱼字旁，所以称其为牙片也非常贴切。很多地方还将牙片鱼写作鸦片鱼，听上去挺吓人的，市井传言是因为其美味令人上瘾，后经考证，不过是根据老辈人的叫法，附加以"联想"功能的延伸罢了。

牙片鱼是黄渤海重要的经济鱼类，深受青岛市民喜爱。在"谷雨到鲅鱼跳"的四五月间，牙片鱼可以算是仅次于鲅鱼的馈赠佳品。近几年，青岛市实施增殖放流，牙片鱼是放流的主力品种，产量明显增多。市场上的牙片鱼个头都不小，小的五六斤，大的将近二十斤，长度接近七十厘米。

牙片鱼个体较大，肉质细嫩，味鲜而肥腴，蛋白质含量较高。一些酒店在做牙片鱼时通常将鱼从中间分成两段，食客依据自己的喜好选择头部或者尾部。也有的食客在遇到极为新鲜的牙片鱼时，会豪横地点上整条，做一桌全鱼宴。

做全鱼宴的牙片通常重十多斤，片好的鱼片一部分用来做生鱼片，一部分用来做川式的水煮鱼，鱼头做干锅鱼头或者砂锅豆腐鱼头汤，鱼骨用椒盐炸制，鱼尾做红烧划水，靠近骨头的那部分肉糜可以细细地剔出来做鱼丸汤或者牙片鱼馅饺子。还有的干脆用整条鱼做鲜鱼砂锅，鱼头、鱼尾和鱼骨熬制出浓稠如牛奶的底汤，鱼肉切成薄得近乎透明的纸片状，一涮即可食用。配料很素，青菜、豆腐即可。调料也极简，只加少许海鲜酱油即可。整个涮锅低脂味鲜、营养周全，无须多言，又是一个春风沉醉的夜晚。🔴

国产三文鱼游上餐桌

　　国人对三文鱼的认识与接纳，大约只有 30 年的历史。据说，我国最早接触大西洋鲑的是广东一带，大西洋鲑的英文名是 salmon，原本指生活在北半球大洋中的一种冷水性的高度洄游鱼类，经粤语发音，salmon 一词被音译成了"三文鱼"。

　　一直以来，只要一提起三文鱼，映入人们脑海的大多是高端场景。三文鱼是公认的引领老饕们成为刺身爱好者的入门鱼类。三文鱼作为一种高端食材受到追捧，不仅因为它味道鲜美，还因为它营养丰富，被称为"鱼中之王""冰海之皇"。它在美食界里的地位，可以对标神户牛肉。此前，国内的三文鱼全部依赖进口，所以价格始终居高不下。

三文鱼肉呈艳丽的橙红色，像大理石纹路一样好看的花纹令其看起来如同一件精美的艺术品。吃一口，同样惊艳。鲜甜、丰腴，几乎没有什么腥味。三文鱼的鱼腩可谓美食界的尤物，丰厚的肌间脂肪层，光泽水润，入口滑柔，油脂在唇齿之间交融，食之味仿佛云中漫步。

如今，"营养界多边形战士"三文鱼已经破圈出阵。目前常见的三文鱼有北大西洋海域的大西洋鲑和北太平洋海域的太平洋鲑。在青岛，"深蓝1号"实现全球首次大西洋鲑的低纬度深海规模化养殖，并喜获丰收。三文鱼从网箱到青岛市民餐桌仅需12小时，36小时即可"游"到全国百姓家。在此之前，从未有人在世界温暖海域成功养殖三文鱼，因为三文鱼是只能生活于不高于18℃水域的冷水性鱼类。国产养殖三文鱼口感丰腴肥美，不输于进口的野生三文鱼。

三文鱼最简单、直接的吃法莫过于做刺身，此外，它还能被加工成烟熏三文鱼、三文鱼寿司等美味。烤三文鱼头、炸三文鱼排，也是十分美艳的吃法。还有一部分人异常迷恋三文鱼厚实而富有弹性的鱼皮，将鱼皮从肉上分离下来，烤一下或者煎一下，焦香四溢，是一道非常不错的下酒菜。

青岛的水库鱼有多好吃

以海鲜闻名的青岛，其实也拥有北方难得的淡水鱼资源，莱西的产芝水库和崂山的月子口水库便是盛产淡水鱼的宝地。产芝水库与月子口水库同年开工兴建，都是在 1958 年。作为胶东半岛最大的内陆淡水湖，产芝水库有鲤鱼、鲫鱼、鲢鱼、青鱼、草鱼、泥鳅、鲶鱼等三十余个品种的天然鱼类。这些淡水鱼类在水质清洌的低温湖中长大，肉质鲜美且没有土腥味，实乃淡水鱼中的上品。

作为莱西的美食标签，淡水鱼宴几乎是中国江北的封神之作。青岛人亦无须南下去往水系绵密的鱼米之乡寻味，在本地就可以大快朵颐，品尝到江南"渔味"。一年一度，以淡水鱼为噱头的厨王争霸赛，让莱西的食事更多了一些浓稠香溢的人文风格。砂锅鱼头豆腐汤、香葱焗鱼嘴、香煎银鳕鱼、珍珠鱼脑、剁椒鱼头、椒盐鱼皮、油泼鲤鱼、川香烤鱼、红烧河虾、一鱼十吃……令人满口生津的莱西淡水鱼宴成为青岛海鲜之外的另一"鲜味选择"。

莱西水库鱼中最有代表性的当属鳙鱼。产芝水库鳙鱼是青岛首批获得国家农产品地理标志登记保护的淡水鱼类之一。其头极肥大，体型匀称，腹部无明显脂肪堆积。清蒸后，肉质细嫩，富有弹性，最突出的是没有土腥味，鱼香纯正，久吃不腻。且富含不饱和脂肪酸，能很好地降低胆固醇，有益于健康。

崂山水闻名世界，月子口水库的鱼也跟着"身价倍增"。鲢鱼、鲤鱼、草鱼、鲂鱼等是月子口水库的主要鱼种，月子口水库的鱼名声在外，主要因为月子口水库水质优良，且鱼只吃水中的天然生物，生长得特别慢，所以肉质非常鲜美嫩滑，没有一点土腥味。崂山和城阳区有不少农家宴，招牌菜无一不是"水库鱼"。这种"水库鱼"多以草鱼和鲤鱼为主，且多用三斤以上的大鱼。这道鱼通常每桌必点，做法多以清蒸油泼为主。肉吃得差不多了，店家会主动将鱼头和鱼骨做成开胃的酸辣汤，也算是青岛的农家宴特色之一。

当下，不少上档次的青岛大酒店也引进了水库鱼。他们参照千岛湖大鱼头的做法将水库鱼做成鱼头砂锅，或者采取川式做法，在一众以加工海鱼为主的大酒店中，也算一抹高光。这样的鱼多要预订，也算是一鱼难求。

崂山还有一种淡水鱼非常有传奇色彩。素有"崂山中华鲟"之美称的仙胎鱼，生于崂山白沙河、北九水等流域中，是一种珍稀淡水鱼，肉质细嫩，鲜美异常。因有一股淡淡的瓜香气息，因而得名"香鱼"，在日本甚至有着"淡水鱼之王"的美誉。仙胎鱼体色金黄，清香无腥，适合多种烹饪方法。首推当为煎炸，包括鳞脏在内的"全鱼"酥香无比，油脂和香脂的融合使香味发挥到了极致。清炖仙胎鱼、豆腐蒸仙胎鱼和煨仙胎鱼，以崂山茶水"打底"，原汁和原味碰撞出"灵动"的美味。

初夏的鲜味属于这条有"江湖气"的鱼

在人们的印象中，北方人泼辣、能吃，南方人则精细、善吃。到了青岛这地界，处于北地，有四季分明的风情，又有丰富的物产，但也生出了不少"矫情"。青岛人在吃的方面，尤其对一些面目不尽人意的海生物，生出不少"禁忌"。黑头鱼虽然样貌尚可，但因为生就了一副乌漆墨黑、凶猛张扬的面貌，也多少不受待见。青岛人就连在吃鼓眼鱼、舌头鱼这类带着一层黑皮的鱼时，都要在炸制之前将黑皮撕掉。

黑头鱼学名为许氏平鲉，在青岛一般被叫作黑头，也有渔民称黑头为"黑鱼"。没错，与生活在江、湖等淡水中的黑鱼一个名字，所以说黑头鱼有"江湖气"也是没错的。如果再用生硬、爽直的青岛话喊出来，黑头鱼更是被赋予了黑旋风李逵似的另一种绿林"江湖气"。

黑头鱼的江湖气，不仅来源于它的外形与名字，还源于它身上的刚烈气质。在老辈人的渔谚里有一句"臭鱼烂虾"的说法，即很多鱼略微有点异味，也是可以接受的。但黑头鱼完全"不惯"人类的脾气，上岸时间稍微长点就散发出浓烈的异味，再能吃腥的食客也会有微词。

黑头鱼属肉食性鱼类，不仅吃杂鱼和虾，对头足类和贝类海鲜也不放过，又因为是冷水性鱼类，肉质紧实，这些因素综合起来，使得黑头鱼的营养价值和肉质口感皆较为出众。尤其是对于产妇来说，黑头鱼豆腐汤可是一道绝佳的催乳神物。

黑头鱼属近海底层鱼类，也是青岛海钓比较常见的一种鱼，个头一般没有太小的，尾重一般在一斤至两斤多。三斤以上的大个黑头一般只有水深十多米以上的礁石区才有，也基本上只有在船钓时，才能偶尔钓获。封海时节，海钓的黑头鱼弥足珍贵，也是初夏的奢侈鲜味。刚海钓上岸的黑头鱼，吃法以刺身、涮锅为上乘，鱼片薄如纸，一片片晶莹剔透，摆在薄冰上如同"水头"莹莹的美玉，鱼生之口感丰富，仿佛有一枚色彩清冷的烟火在味蕾绽放，令人心旷神怡又心生荡漾。

时下关于黑头鱼的烹饪方式，更偏于粤菜的料理方式。个头大点的黑头鱼，通常被做成葱油黑头鱼片、清蒸黑头鱼、油泼黑头鱼。待鱼肉食之八九，鱼头、鱼骨与少量豆腐可以再炖一例酸辣黑头鱼汤。这时候的鱼汤，既隐隐地泛着上一道菜的鲜美余味，又有了醋、胡椒粉的加持，出锅时撒一点香油、香菜与香葱提味，便是一款十分美味的解酒靓汤。

重量在半斤以下的黑头鱼则委屈巴巴地被归到杂鱼之列。青岛沙子口、王哥庄一带的渔家宴里，常常能看到这种黑头鱼与黄鱼、黄花鱼、鲳鱼、摆甲鱼等做成汤色浓稠的杂鱼锅，配上黄澄澄的玉米面小饼子，可算经典。虽然已是满足人类口腹之欲的盘中物，但黑头鱼依旧骄傲地"扠着翅"，鱼鳍张扬，傲视群鱼，好像一锅杂鱼里的"大哥"。

小个头的黑头鱼还有一种惊艳的做法，便是被制作成"鲜掉眉毛"的鱼羊鲜锅。将小块的羊排和被略微煎过的黑头鱼同炖，在这过程中各路大料越少"加盟"越好，只突出羊与鱼的本味。待鱼、羊"琴瑟和鸣"至一定火候，汤色如醇厚的奶汁，便成就了一个鲜字。近来，还出现了一种高级的虫草黑头鱼汤，做法是将黑头鱼与虫草花同炖，也是一例大补的药膳鱼汤。

用来比喻青春的鱼竟然是它

两代人在饮食上的差异就像两条平行的河流。老辈人常常抱怨年轻人胡吃海喝，完全不懂得什么才是传统的美食好物。而小青年们则认为上一代人保守自闭，完全不能懂得吃的世界有多大。比如在青岛并不被老辈人待见的鲐鲅鱼，到了年轻人喜欢的日本料理那里，摇身一变成为高级的日本鲭。老人家"大跌眼镜"——那是腥味多重的鱼啊。可是年轻人自有他们的日系情调，毕竟在日剧《孤独的美食家》里，五叔对鲭鱼那么偏爱，让人们不禁感叹：鲭鱼到底是一种什么样的美食啊！

"日料店里，盐烤鲭鱼被认为是绝美的尤物。肉质鲜嫩带鱼油，咸度适中腥味淡。鱼皮微脆，鱼肉紧实，每一根肌纤维都渗透了脂肪的香气。一口鱼肉带来的丰富味觉和巨大满足感，完全抵得上一顿丰盛的筵席。"这是一段资深日料迷对日本鲭的描绘。国内日料店同样颇多都有盐烤鲭鱼这道料理，多配以柠檬片。烤好的鲭鱼鱼皮微脆，泛着香气的鱼油从紧实的鱼肉中浅浅渗出，咸度适中，淡淡的腥味也被柠檬汁中和了很多。与日料店的高级刺身或者和牛相比，盐烤鲭鱼的价位极其友好。

再回想青岛人对它的态度，甚至给它取的名字，就像是一个叫子柒的女孩子，沦落到乡野被喊作"翠花"。实际上，这种鱼还真有另外一个叫什么"花"的名字，即青花鱼。虽然都是"花"字辈的名字，但听起来却有着云泥之别。

曾经，鲐鲅鱼在青岛颇有一种"既生瑜何生亮"的悲楚，人们先入为主，有了鲅鱼，对它总是一副可有可无的姿态。在青岛，多数人对鲐鲅鱼的认知与喜爱永远在鲅鱼的光环之下，就连其名字也被认为是蹭了鲅鱼的热度。实际上，这种学名为日本鲭的鱼，跟鲅鱼根本不属于同一种大类。青岛人叫它鲐鲅鱼，就是因为这种鱼的外形与鲅鱼相似而已。因为鲐鲅鱼比较腥，对它的做法一般也只是红烧，似乎也只有红烧才能逼出它的鲜味和香味。

近年来，由于过度捕捞，我国传统的四大海洋经济鱼类已经不复往日荣光，这就给了鲐鲅鱼等早先的海洋低值鱼类成为新晋海洋经济鱼类的机会。我们常吃的鲭鱼茄汁罐头，这种完全脱胎于南方沿海语境的罐头鱼，实际就是青岛人所说的西红柿高压焖鲅鲅鱼。近年，人们发现鲅鲅鱼中有两种被誉为"脑黄金"的高营养物质，在抗癌和预防肿瘤生长上有一定的保健作用。于是，鲅鲅鱼以保健食品的姿态逆袭，获得"重用"。

还有一点令青岛人百思不得其解的是，平凡的鲅鲅鱼在年轻人眼里还是一条用来比喻青春的鱼。因为它一旦被捕获，保鲜期极短，美丽的花纹很快便会随时光斑驳。这如同青春，与光阴赛跑，多么易逝。

鱼不可貌相

人工养殖技术的发展对于海鲜的普及，无疑是巨大的利好与福利。但对于嘴巴越来越刁钻的大多数老饕而言，"野生"的概念已经成为一种貌似高级的美食代名词。但凡叠加了"野生"二字，便有诸多食事可以被"喋喋不休"。原本算作经济鱼种的摆甲鱼虽然产量大，但价格始终不温不火，所以一直没有被纳入人工养殖鱼的行列。这种人为的"冷落"反倒使得摆甲鱼"咸鱼翻身"，搭上这班流行的快车，与"野生"这一时髦元素"里应外合"，走起了一条既没脱离大众路线，又超然"鱼"外的原生态路径。

摆甲鱼学名褐斑鲬，其外形从头到尾是由粗到细，粗的部分是扁平的，很像一条马尾辫，加之外观黑不溜秋，长着一张硕大的嘴巴，如同一个地包天模样的受委屈的老男人。百姓的洞察力与民间智慧常常令人称奇，比如摆甲鱼的其他俗名，老头辫子、辫子鱼、牛尾鱼、拐子鱼、百甲鱼、狗腿鱼等，虽然有揶揄之意，但多比较形象。

摆甲鱼价低、量大、味美，属于典型的"鱼不可貌相"的那类被低估的鱼。其肉质坚实，呈蒜瓣形，在海鱼里面也属上乘。但因为较低的商业价值及颜值的缺憾，摆甲鱼多上不了大宴席。即使偶尔露面，也多是与杂鱼一道"趁乱取胜"，以铁锅鱼的形式走上台面。

在百姓的餐桌上，摆甲鱼的吃法多以烧制为主，可以单独红烧成菜，也可以与豆腐或者萝卜一起炖。豆腐或者萝卜是很常见、很有营养的两种食材，可以与很多鱼配搭为美美与共的"CP"。其中豆腐属于"海纳百川"式的那种特别包容的食物，跟肉炖有肉味，跟鱼炖便有鱼味，这些鲜美的味道与豆香巧妙融合，二者都得到了升华。

青萝卜炖鱼的妙处在于可去除鱼的腥味，又可增鲜，还有很好的食疗价值，与摆甲鱼搭配的口碑极好。秋末冬初，摆甲鱼肉壮子满，体肥味佳，这时候的青萝卜也经过了霜打，进入食用的最佳时令。二者一起烧制，算是"不时不食"的一段佳话。

摆甲鱼是冬令时节的一种常见的经济鱼类，这时候螃蟹已经基本下市。但对于"馋嘴"而言，一点不耽误他们利用其他海鲜制作好吃又低廉的"平替"，比如制作"赛螃蟹"。

赛螃蟹一般用扇贝柱、鸡蛋、醋、姜、料酒、糖和少许的盐烹制而成。后来有人将扇贝柱换作摆甲鱼的鱼肉，其美味简直可以以假乱真。同时，摆甲鱼的鱼皮、鱼头、鱼骨可以做汤，倒也又成就了一段"一鱼多吃"的美食佳话。

｜
。鱼
说
。
｜

梁实秋笔下的"鮒鱼"难道是它

　　早些年的冬日，还没有这么多反季蔬菜与人工养殖海鲜，餐桌上基本是大白菜和青萝卜当家。对于嗜海鲜如"命"的青岛人而言，多要等到春节前夕，才能吃到每家每户凭票证领取的冷冻带鱼和冷冻鲅鱼。不过，为了打下"馋虫"，虾酱、咸鲅鱼、腌白鳞鱼、甜晒偏口鱼等成为冬日常见的荤腥。那时，冬天要生炉子，有一种特别适合在炉火中烤制的咸古眼鱼，凭借着物美价廉和能下饭，成为最常见的平民"海鲜"。现在这种咸古眼鱼多出现在海边的一些水产店或者王哥庄馒头店里。尤其后者，不言而喻，烤咸古眼鱼可谓是大馒头的神仙伴侣，多有怀旧之意。

青岛人口中的古眼鱼与另一种在发音上完全一致的鼓眼鱼，完全是两种不同的鱼。这个古眼鱼，学名斑鲦，为鲱形目鲱科鲦属鱼类，体呈长卵圆形，侧扁，腹缘具锯齿状棱鳞。无侧线，头中等大，吻短而钝。

讲得通俗一点，这种鱼的外观和肉美多刺以及富含油脂等特点，倒是与黄尖子鱼、白鳞鱼有得一拼。不过古眼鱼的个头正好介于二者之间，一般长十几厘米，体重不超过二两，含肉率高，肉质细嫩，味道鲜美。这种鱼有着浓密的鱼鳞。在民间有这样的饮食说法，即上席尤其是上大席的鱼，一定要带鱼鳞。这种鱼目前多出现在渔家宴席上，烹饪方式多为煎制。一盘油汪汪的鱼上桌，在讲究老礼数的渔家人眼里，是一种吉利又富美的感觉。

还有渔民喜欢将古眼鱼用来制作类似南方糟鱼的北方渔地酥鱼，将鱼油炸之后放在高压锅里压制，出锅时刺都酥掉，可免受小鱼刺卡嗓之虞，对于不怎么会吐刺的群体来说是一种福音。另外两种做法与腌白鳞鱼相似，以古法腌制后，肉质呈暗红色，鱼刺基本被分解了，蒸着吃，非常鲜美。

梁实秋曾在《忆青岛》中这样回忆："我曾在大雅沟菜市场以六元市得鲥鱼一尾，长二尺半有奇，小口细鳞，似才出水不久，归而斩成几段，阖家饱食数餐，其味之腴美，从未曾有。"后来不断有老饕探讨这淡水里的"鲥鱼"是如何"游"上了梁先生的餐桌。大家猜度，有可能他买到的就是古眼鱼，其外观以及口感与鲥鱼也颇有相似。

20世纪八九十年代，古眼鱼是近海鱼种之一，也是码头上常见的小杂鱼，价格不高，多油脂，虽然受欢迎，也上得了台面，但却不是什么名贵的鱼种。不过，这种鱼到了日韩，则摇身一变，身价大增。韩国民间甚至有俗语称，"秋季的烤斑鰶能让离家出走的儿媳返家"，说的就是秋季斑鰶无比美味。

日本人对斑鰶的迷恋比之韩国人，有过之而无不及。有些鱼在日本被称为"出世鱼"，"出世"有着晋升、腾达之美好寓意。人们关切出世鱼的成长点滴，在它生命里的不同阶段，会赋予其纷繁多变的别称，就像升一次官变一次头衔一样，斑鰶也是出世鱼的一种，与一般鱼以大为美为贵的惯常标准不同，斑鰶通常越小越昂贵。斑鰶在日料店是一种高档刺身，由于鱼小刺多，只有经验丰富的大厨才会处理。经过刮鳞、去尾、剔骨之后，才能得到很小一块鱼肉，非常轻盈与珍贵，用斑鰶做成的小肌寿司也因此一跃成为"寿司界的横纲"。

为一条美味的鱼"正名"

鲳鱼的名字因何而来？《闽中海错疏》中如是记载："鱼以鲳名，以其性善淫，好与群鱼为牝牡故。味美，有似乎娼，制字从昌。"由于古人"望文生义"的丰富想象力，一条美味而白净的鱼，不幸地被赋予了与其本质不符的负面含义，并因此被误解了这么多年。

"尾如燕翦，骨软肉白，味美于诸鱼。"据说这是古人对鲳鱼的描述。在美食界，鲳鱼因其美味而享有极高的声誉。在青岛地区，流传着"一鲳二加三黄花"的说法，讲的是按照口感来对鱼类进行排名，鲳鱼、加吉鱼、黄花鱼列前三甲。在风雅秀丽的江浙地区，有着"正月雪里梅，二月桃花鲻，三月鲳鱼熬蒜心，四月鲳鱼勿刨鳞"的说法。即农历三月，正是鲳鱼最鲜美的时候。在福建和潮汕地区，鲳鱼备受推崇，其鲜美口感被认为超乎寻常。当地人把鲳鱼视为高级的海鲜食材，常常用它来招待贵宾。

鲳鱼在民间有个昵称叫"狗瞌睡鱼"，尽管这个名字听起来并不雅致，但实际上它是对鲳鱼的一种独特的褒奖。因为鲳鱼肉多刺少，人们食用鲳鱼时很少吐鱼刺，趴在一旁等待"捡漏"的狗儿困得都打起了瞌睡。鲳鱼是一种非常优质的食用鱼类，目前市场上最常见的是银鲳和金鲳鱼。银鲳，别称平鱼、白鲳或鲳鳊鱼，鲳科鲳属的一种，就是人们说得最多的"鲳鱼"。现在市场上还有一种身体银白泛金黄色的"假鲳鱼"，实际为卵形鲳鲹，俗称金鲳鱼，虽然也叫作鲳鱼，却属于鲹科。金鲳鱼的一个显著特征是它的鱼鳍呈现出明显的金黄色。此外，金鲳鱼与鲳科鱼的一个主要区别体现在泄殖孔位置上。金鲳鱼的泄殖孔位于鱼体的中后部，而鲳科鱼的泄殖孔则位于中前部。

早年间，鲳鱼是青岛很多人家春节家宴上的压轴大菜。如果鲳鱼在化冻后依旧保持比较新鲜的状态，那么它会被用来清蒸。依照现在的烹饪理念，只有鲜活的鱼，才配用"顶级"的清蒸做法。在那个年代的冬天，冷链与物流都不甚发达，一尾一斤以上的冷冻鲳鱼对于普通人家来说已经是春节年货中的极品了。即使是冻鲳鱼，人们也会精心准备，采用最高规格的烹饪方法，以匹配春节的盛大与隆重。清蒸鲳鱼时，肥腻的猪肉膘是不可或缺的配料，它能够烘托出鲳鱼的肥腴口感，最大

◎ 鲳鱼

限度激发出鲳鱼饱满、浓郁的油脂。

　　清蒸鲳鱼，火候的掌握至关重要。通常，当猪肉膘变得柔软，其脂肪渐渐溶化并浸入鲳鱼中，此时的鲳鱼便蒸得恰到好处。清蒸鲳鱼讲究的是保留其原汁原味，蒸制后，鲳鱼表面呈现银光粼粼的诱人色泽，再配以红辣椒丝、姜丝、葱丝，红、黄、绿三色的加入，不仅提升了视觉美感，更让这道菜散发出一种别样的美食美学气质。吃上一口，口腔被鲳鱼丰厚的油脂"侵略"，瞬间多巴胺爆棚。那种细腻、绵软的口感在口腔中游走，这种美味带来的幸福感，足以让人产生载歌载舞的冲动。

　　蔡澜先生有一篇专门写鲳鱼的文章，其中提到的潮州古法蒸鲳鱼与青岛清蒸鲳鱼的做法有异曲同工之妙。虽然青岛与潮州相隔近两千公里，风俗和文化风情迥异，但是在对某些海味的认知和做法上，可谓不谋而合。

有人好奇为何清蒸鲳鱼只出现在青岛人的家宴，而非招待贵客的宴席。这背后其实隐藏着青岛独特的风俗观念。在青岛，人们普遍认为，只有带鳞的鱼才适用于喜宴、寿宴等重大场合，它们被视为这些重要场合的标配。所以啊，好面子的青岛人倒是实在，好看、讲究的带鳞大鱼，用来讲排场。无鳞但好吃、刺少、出肉率高的鲳鱼，则用于自家享受。

尽管现代海产养殖技术高度发展，但鲳鱼的养殖依旧小众。鲳鱼的外观看似圆滚可爱，实际上性格却如同难以驯服的野马，自有一种"倔强的气节"，宁愿饿着也不吃"嗟来之食"。由于鲳鱼产量相对较少，其价格也随之水涨船高。在日常生活中，若能遇到一条两斤以上的新鲜鲳鱼，无疑是一件令人欣喜的事情。可以此"鱼"为令，召集一帮饕餮好友共享，以此彰显"合家欢"般深厚的情谊。

清蒸鲳鱼以极简的方式锁住了大海的味道，自然是一种高级的烹饪手法。然而，鲳鱼的烹饪方式远不止于此，干烧鲳鱼、香煎鲳鱼、油炸鲳鱼和熏鲳鱼等做法也比较普遍。总体来讲，好吃的鱼，怎么做都好吃。美食家蔡澜对鲳鱼可谓情有独钟，不仅多次在文章中提及，更是喜欢用鲳鱼块来做海鲜粥。他认为这样的做法可以完美引出鲳鱼的鲜味，将其美味发挥到极致，堪称天下一绝。

第二章

·

海货

·

螃蟹是秋天的尤物

秋天是什么颜色的？多数人能想到的自然是烂漫的金黄色。落叶，水果，花朵……这些风物跳跃的"金黄色"，尽管极具秋天的气质，但较之螃蟹的生动和撩人，则又稍逊。螃蟹所带来的美学盛宴，带着一个季节的欢喜和绚烂，是视觉的琳琅满目，也是味觉的鲜嫩甜香。

在青岛，没有螃蟹的秋天是不完整的。螃蟹无疑是秋天最妖娆与美味的食物。其实秋天的海鲜颇为丰富，尤其九月初开海后，"海鲜部队"强势登陆，海鲜码头就像腊月的农村集市一样热闹。螃蟹在一众海鲜中，绝对是坐头把交椅的花魁。只要它一出场，所有的味道和风头都被压了下去。这正如李渔所言，"世间好味，利在孤行""更无一物可以上之"。其实，自古以来，螃蟹一直是中国美食谱系里的高级食材。

有人说，在世界范围内的餐饮世界里，中国人是最爱吃蟹的一个群体。无论是海边的梭子蟹、石夹红蟹、花盖蟹、花蟹、青蟹、面包蟹和帝王蟹，还是江南知名的大闸蟹，产地不一，但都被看作美物似的存在。

再请出李渔，他的食蟹心得亦是一名"蟹仙"视蟹如命的精准写照——"鲜而肥，甘而腻，白似玉而黄似金"。的确，蟹之味，是一种傲然于其他海鲜的特殊鲜味，颇有遗世独立之风。难怪，在专业美食家的解读下，味系里专有一种"蟹味"。据说，蟹的味道包括蘑菇味、青草味、泥土味、鱼腥味、黄油味、肉味、果香、牛奶香、坚果味、焦糖味、鲜味、甜味。

梁实秋在《雅舍谈吃》中写道："蟹是美味，人人喜爱，无间南北，不分雅俗。"在吃蟹的问题上，国人最有发言权，也极尽"逐蟹"之能事。在海水养殖不普及的 20 世纪 80 年代，青岛人民在吃这件事上总是能展现出非凡的巧思，人造蟹肉即如是。这种规整的人造食材，在视觉上复刻了熟蟹钳的颜色和形状，而由鱼肉、盐、淀粉和七七八八的添加剂所完成的味道，完全是一种心理暗示味学的胜利。因为其味道与古人所发明的"赛螃蟹"大相径庭，难以用语言来类比，犹如夏虫之于冬冰。从外观到口感，"赛螃蟹"的精致程度都不输真正的螃蟹。

"秋风起，蟹脚痒；菊花开，闻蟹来。"螃蟹是一种时令性

◎ 螃蟹

很强的食物。梭子蟹和石夹红蟹无疑是青岛秋天第一鲜的主流与顶流，青岛的梭子蟹是北方螃蟹的代表，石夹红蟹也是西海岸的特色海鲜之一。

在青岛民间，王哥庄会场螃蟹似乎只是一个传说和信仰。因为产量少，多数青岛人只闻其鲜，不知其味。会场螃蟹属梭子蟹，钳子长，两钳前半段能互相重叠，俗称能"盘腿"。一斤重的会场螃蟹，两只钳伸开，宽度能达 60 厘米。会场螃蟹体内泥很少，蟹肉雪白细嫩，呈丝状，味道融合了鲜、甜、香的海鲜之味，蟹香格外浓郁厚重。出产会场螃蟹的海域，没有大河入海，海水盐度常年在 3 度左右，特别适合螃蟹生长。对于老饕而言，这种蟹子堪比限量版的奢侈品。民间有传闻，在 20 世纪 90 年代末，这种蟹子每斤的价格就接近百元。

除了梭子蟹，石夹红也是青岛海域常见的蟹类，尤以西海岸灵山岛居多。石夹红学名日本蟳，在民间还有赤甲红、花蟹之名。这种蟹子目前没有实现养殖，多用蟹笼捕捞。梭子蟹外形偏于椭圆，石夹红看上去则显得浑圆和敦实，蟹钳饱满有力，让人想起那些抡大锤的古代壮汉，颇有喜感。石夹红的蟹钳边缘呈锋利的锯齿状，夹人手指的确仿佛有"洪荒之力"。只要被夹住，标配的伤害就是鲜血直流。然而，在石夹红强悍的外表和"蟹狠话不多"的蛮劲之下，其实隐藏着它那肉质紧实又异常鲜美的内在。用青岛人的话来说，别看石夹红个头不是很大，但个个"顶盖肥"，母的全都带香溢的黄，公的也全是丰腴的膏，那种满口生津的快感，有点梭子蟹和大闸蟹混合体的意思。一口下去，感觉身体瞬间被塞满，那是一种浓厚而霸道的鲜味。

这些年，随着青岛海域的生态环境逐渐改善，类似螃蟹这样的海产品数量也逐年递增。这其中，既包含了人工繁育的硕果，也体现了蓝色海洋的自然回馈。螃蟹增量，不仅老饕们可以撒欢地大快朵颐，而且蟹宴的口味愈发丰富。比如，此前螃蟹最经典的吃法莫过于原汁原味的清蒸，蘸料为姜醋二样，可谓"大道至简"、天然姿媚。当下，螃蟹海鲜粥、螃蟹

◎ 无名

卤面、葱姜炒蟹、麻辣螃蟹、生腌螃蟹、蟹肉水饺等五花八门的吃法，让大众可以像《红楼梦》里的小姐和少爷一样轻而易举地置办一场螃蟹宴。这种盛宴，打开了新鲜的味蕾体验，像古早的年画一样，热闹、有趣、丰富。🔴

蛤蜊是青岛人的味蕾乡愁

倘若为舌尖上的青岛搜索一个关键词，海鲜自然当仁不让，这些鲜美的食材已经像基因一样深藏在青岛人的身体里。如果问在外的游子最想念的岛城小海鲜是什么，蛤蜊绝对是首选答案。

春天，是青岛最鲜活的海鲜季。从立春开始，开凌梭、面条鱼、海虹、笔管鱼、八带、琵琶虾、牙片鱼、鲅鱼、蛏子、蚬、螃蟹、鲅鱼等各种海鲜争奇斗艳，但是最得人心的还是蛤蜊。

在全世界范围的滩涂上，蛤蜊并非罕见的贝类海产品，但胶州湾的水质、水流和水量极其适合蛤蜊的繁殖生长，尤其是位于胶州湾底部的红岛海滩，所含的有机物质可谓得天独厚，盛产的蛤蜊尤其肥美鲜甜，深得老饕们追捧。

聪明的青岛人以超乎寻常的想象和大胆实践，将煮、烤、拌、炝、炒、爆、炸、烧、烩、汆汤、制馅等烹饪方式应用在蛤蜊的身上，让许多山珍海味尽失颜色。以火锅为例，假若锅中只有羊肉在那里孤独地翻腾，即使再美味，那也是一种只属于游牧民族的单一风味。但有了小小的、不起眼的蛤蜊与之共舞，锅里的汤色便在很短的时间内，伴随着像花一样绽放的蛤蜊，起了润润的奶白色。喝一口，怎一个"鲜"字了得。

值得玩味的是，几乎每家青岛的饭店都有蛤蜊相关的菜式，菜谱上出现最多的是辣炒蛤蜊和原汁蛤蜊这两道大众菜式。其他比如冰镇麻辣小蛤蜊、蛤蜊疙瘩汤、微波蛤蜊、蛤蜊水饺、蛤蜊包子、蛤蜊槐花饼、蛤蜊土豆饼、蛤蜊炒鸡、蛤蜊肉拌黄瓜，都是很多渔家饭店的招牌菜式，得到广大食客的追捧。

青岛普通人家几乎家家会做蛤蜊芸豆面，这是夏天最多见于青岛人饭桌的面食。蛤蜊和芸豆都是当季的食材，在蛤蜊芸豆汤中淋上散散的鸡蛋花，便成了清新且营养的海鲜卤汁。很多人感觉酒店的蛤蜊芸豆面和蛤蜊疙瘩汤的鲜味很淡，跟家常味道相去甚远，原因就是酒店用料中的原汁蛤蜊汤较少，新鲜程度也打了折扣。

青岛人把"大碗喝酒，大块吃肉"这样的北方式豪爽，统称为"海吃海喝"。民间流传的青岛三宝中，吃蛤蜊与

◎ 蛤蜊

"哈"啤酒便占据二席。另外一席虽然为洗海澡，但是不耽误大家一边洗海澡一边赶海挖蛤蜊。

在近海的海滩或者滩涂中都可以轻易找到蛤蜊。赶海不仅是海边人家的重要生计，而且还是青岛人实惠的休闲活动之一。赶上退潮，海边就多了些赶海的人。他们中有的是专业的赶海人，穿着水鞋，拿着小铲子，通常收获满满，完全够家里人大快朵颐一番。有的只是临时起意，去海边捡个热闹。20世纪七八十年代，青岛日报社还位于前海的太平路，午饭后的报人们，拿着空饭盒来到退潮的海边，不到半小时就能捡到一饭盒的蛤蜊，完全可以当作晚饭的一道菜。

青岛人对海参的执念

◎ 海参

　　在青岛民间，若要选出几样高级的馈赠佳品，海参不敢说能拔得头筹，但也一定位列其中。青岛人对海参的执念，不仅体现在人情往来中，更体现在其将海参视作居家进补和高档宴席上的美物。

　　海参既是宴席上的佳肴，又是滋补的珍品，被称为"八珍之首"。有人称之为"海人参"，因补益作用类似人参而得名。海参胆固醇含量极低，为一种典型的高蛋白、低脂肪、低胆固醇食物。海参可算是海洋活化石一般的存在，生存历史可追溯到6亿多年前，比出现在2亿多年前的恐龙还要年长4亿年，是现存出现最早的还活跃在地球上的生物物种之一。

　　据传两千多年前，秦始皇听说东海有一种长生不老药，最终找到的长生不老药就是海参。明朝朱元璋也对海参的神奇功效颇有兴趣，清代赵学敏在《本草纲目拾遗》中对海参进行了学术上的肯定。于是海参"味"倾朝野，从此形成了无海参不成席的规定。1972 年，美国总统尼克松访华，宴席上海参自然拥有一席之位。至今，国宴一直沿用葱爆海参当作接待外宾的招牌菜。

如今海参已经成功实现人工养殖，价格也越来越大众化。渔民偶得的野生海参的价格倒是依旧坚挺，据说行家闭着眼就能分辨出野生海参和养殖海参。很简单，野生的有一股浓郁的海藻味道，养殖的基本无味道。不过二者在营养成分上倒也差别不大。

葱烧海参是鲁菜中的代表菜之一，以水发海参和状如甘蔗的山东大葱为主料，海参清鲜柔软，葱段香浓。这道菜只有两种食材，但烧制非常考验功力。鲁菜大厨所烹葱烧海参，表面看汤汁浓稠黑亮，切开海参后，里外皆被浓油赤酱浸渍成黑色，此为上乘。但凡海参外表为深色，从外到内的色泽慢慢变浅，则说明海参没有入味，略逊一筹。

从 20 世纪 80 年代末开始，高级宴席开始步入寻常百姓家。从那时起，以海参为代表的个吃菜肴，经过千锤百炼、推陈出新，依旧是宴席的"门面"。各种花式做法，已经可以组成一桌"百参宴"，比如海参小米粥、肉末海参、海参鸡汤、海参小豆腐、海参大包、海参饺子、鲍汁海参、凉拌海参、白灼海参等等。如今，海参已经放下身段，可以与蔬菜、肉蛋，甚至疙瘩头咸菜一起炒制，竟也可以热烈交融，毫不违和，百姓口碑始终很好。

大海味之初

据说，很多内陆人初尝大海的味道，是从一碗飘逸简约的紫菜蛋花汤开始的。再后来，大家对紫菜的深度认识则来源于各色海苔零食。更深度品尝紫菜的美味，则源于各式日本寿司，最外面的那层包裹着米饭和各种食材的灵魂之物，便是紫菜。从严格意义上来讲，紫菜不是海鲜，而是一类海洋植物。但是紫菜又几乎无所不能，可入馔，可吊汤，可做小食，撩动味蕾，悦服众生。

国人食用紫菜的历史悠久，《齐民要术》中便有记载："吴都海边诸山，悉生紫菜。"书里还记载了紫菜的做法，其一为"膏煎紫菜：以燥菜下油中煎之，可食则止。擘裛如脯。"翻译成白话文就是"油煎紫菜：将干燥的紫菜放在油里面煎，到可以吃时就停下来。像撕腊肉一样，撕开来盛供上席。"另一种紫菜做法"紫菜菹法：取紫法，冷水渍令释，与葱菹合盛，各在一边，与盐酢。满奠。"译成白话就是"紫菜菹法：取紫菜，使其在冷水中浸涨开来，与腌葱一起盛着，两样各在一边，搁上盐和醋。盛满供上席。"

    青岛是国内规模化养殖紫菜的"大户"，特产条斑紫菜。刚刚上岸的鲜紫菜悬在一排排木架之上，大海的咸腥气息伴着海水与海风一起恣意荡漾。经过一段时间的阳光与风的洗礼，紫菜风干后变硬成型，便是我们常见的成品紫菜。在讲究保健的当下，紫菜作为一款来自大自然的碱性食品，自然被赋予了无限健康"法力"，紫菜虾皮蛋花汤几乎已经成为最常见的国民鲜汤。

    鲜紫菜物美价廉，做汤、凉拌、炒食、制馅都别有一种鲜美的意趣。其中，鲜紫菜饺子是这几年新晋的一道网红水饺，美味与健康并存。一种是素水饺，将鲜紫菜和鸡蛋、香菇、虾皮和胡萝卜混合做馅，味道清新鲜美。另一种是肉水饺，用鲜紫菜加上大葱和猪肉做饺子馅，鲜味与香味迸发得恰到好处，带着大海的味道让口舌之欲抵达新的境界。🔖

海货。

可爱的八带有多好吃

在很多科幻电影里，外星人的形象是以章鱼为灵感来源的。拥有看似非常聪明的大脑袋和似乎浑身武艺的八条腿的章鱼，被人们想象成为无所不能的天外来客。后来，在国产动画片《小鲤鱼历险记》里，这种海鲜又化身善良的章鱼团长，给无数小朋友的童年带来有趣的回忆。

在青岛，所谓的章鱼被叫作八带，俗称八带蛸。在青岛的特色菜里，辣炒蛤蜊应为首席，葱拌八带也是大家耳熟能详的特色海鲜菜之一。网络上曾有一个段子说"青岛不仅下雨还下章鱼"。这当然不是杜撰。某年夏天，青岛恰逢狂风暴雨，一只八带如同天外来客般，砸到网友的车窗挡风玻璃上。八带能够"呼风唤雨"从天而降，被风吹到汽车上，这充分体现了八带在青岛的广泛存在。尤其春夏季节，青岛海鲜市场随处可见八带，许多青岛的餐馆会将葱拌八带作为主打的特色凉菜之一。

其实青岛人俗称的八带包括两种海洋生物——短蛸和长蛸。短蛸是青岛乃至北方最常见的八带。长蛸也经常出现在青岛水产品市场上，腿比较长，与短蛸形成鲜明对比。短蛸比较鲜嫩，适宜凉拌、葱爆等；长蛸口感筋道，适合做刺身，也可以凉拌。在青岛民间，人们更认可短蛸，其价格略高于长蛸。

八带在青岛的吃法颇多，独占鳌头的是葱拌八带，还有白灼八带、芥末八带刺身、韭菜炒八带、尖椒炒八带、蒜薹炒八带、酱爆八带、油泼八带等等，不一而足。虽然做法不一，但有一点，青岛本地的八带菜系，看上去多有点"脏脏"的黑暗料理之感，其实那是厨师有意为之，即保留八带原生态的墨囊。一些人认为八带的墨囊堪比母八带的子，有一种海鲜特有的醇香。

八带饺子也是青岛春天最美好的食物之一。春天的韭菜与五花肉，加上被切成颗粒状的八带一起入馅，各鲜其鲜。相比常见的三鲜虾仁饺子和网红鲅鱼饺子，这种八带饺子格外迷人，当然前提是有一个好牙口和好胃口。八带饺子吃起来有一种"咯吱咯吱"的清脆口感，那是追逐鲜味的声音。🔴

冰火两重天的鲍鱼

如果要用当下的网络语形容鲍鱼，可以说这是一种非常"分裂"的海鲜。一方面，鲍鱼是中国名贵高档食材的天花板，在中国传统四大海味珍馐"鲍、参、翅、肚"里，鲍鱼位列首位，素有"一口鲍一口金"之说。另一方面，当下青岛菜市场里的鲍鱼默默地与蛤蜊、海虹等平民海鲜相守，小鲍鱼的价格竟然低到两元一只，常与土豆、白菜、萝卜这样的大众食材搭配。

食鲍鱼的文化在我国由来已久，《汉书·王莽传》记载："莽忧懑不能食。亶饮酒，啖鳆鱼"。这里的"鳆鱼"即为鲍鱼。苏东坡也写过一首《鳆鱼行》，其中写道："膳夫善治荐华

◎海鲜面

堂，坐令雕俎生辉光。肉芝石耳不足数，醋芼鱼皮真倚墙。"大意是吃完鲍鱼，其他美味都黯然失色。据载，早在清朝的宫廷中，就已出现"全鲍宴"。据传，当时沿海各地官员进京朝见，大都以鲍鱼为进见礼，一品官吏进贡一头鲍，七品官吏进贡七头鲍，以此类推。

有趣的是，如今鲍鱼作为"海珍之冠"地位很高，然而一些古籍里提到的鲍鱼却与今天所指之物大相径庭。比如，《孔子家语·六本》里就用"鲍鱼之肆"散发出的恶臭，比喻坏人成堆的地方。实际上，这里的"鲍鱼"特指"盐渍咸鱼"。鲍鱼的壳是一味名叫"石决明"的中药，有明目退翳、清热平肝、滋阴潜阳等作用，所以鲍鱼还有"明目鱼"的别称。《中医别录》《海药本草》《本草求原》等书籍都对石决明进行了介绍。

在历史上，青岛海区盛产鲍鱼，甚至青岛还有一个海岛就叫鲍鱼岛。据史书记载：早在东汉初年，青岛鲍鱼就被列为朝廷贡品。"青岛鲍鱼"肉质肥厚，富有弹性，口感细嫩，鲜而不腻，蛋白质及氨基酸含量丰富。

鲁菜一度是清朝的"宫廷菜"，因此鲁菜的代表菜品多用高档食材。比如原壳鲍鱼就是海味鲁菜的经典菜品之一，也是青岛的一道特色名菜。该菜品是一道以带壳鲜鲍鱼、偏口鱼肉、火腿肉、冬笋、熟青豆为原料的海鲜料理，保持了鲍鱼的完整性，原汁原味，鲜香可口。

这些"章鱼团长"你分得清吗

◎ 笔管鱼

　　不知大家发现没有，全国的旅游景点有两个共性，一是旅游纪念品雷同，二是都少不了轰炸大鱿鱼。尤其后者，当你在旅途中，身体和灵魂都需要补充能量的时候，大鱿鱼简直是雪中送炭的能量加油站。那焦香鲜美的味道，隔着几百米，似有若无地飘散过来。这时候，你会感觉，世间美味无他，眼前"妖娆艳丽"的大鱿鱼，便是这美食的"人间四月天"。尤其对滨海的青岛人而言，轰炸大鱿鱼隐约就是"家乡的味道"。那情绪、那境地，像是突然被什么刺了一下，那是大海的气息，那是家乡的召唤……

　　实际呢，青岛人这种味蕾上的思乡多少有些"浪费"了感情。因为，青岛虽然盛产海鲜，但青岛人所食的鱿鱼却多来自大洋彼岸。鱿鱼也称柔鱼、枪乌贼，是和青岛人俗称的八带、笔管鱼、墨鱼豆为一家子的软体海鲜。为什么青岛人会将鱿鱼列为"自家人"呢？因为青岛人制作海鲜全家福和鲁菜经典的爆炒鱿鱼，都离不开漂亮妖娆的鱿鱼花。

八带是青岛春天常见的小海鲜，其实这是两种分别叫作长蛸和短蛸的"章鱼团长"。在青岛叫作笔管的另一类软体小海鲜，学名则叫作日本枪乌贼。墨鱼呢，学名是乌贼。墨鱼豆则被很多人认为是没长大的墨鱼，实则人家是另外一个物种，学名为双喙耳乌贼。这几种软体海鲜在青岛也通常被人混淆，非常有趣。

香肠是很多青岛酒店"出场"频繁的高档凉菜之一，墨鱼香肠与排骨香肠、黑猪肉香肠是很亮眼的三款高级香肠。其中外表黑亮的墨鱼香肠是用墨鱼肉和少许的五花肉制成。制作方法十分简单：在五花肉和墨鱼肉中加入适量的墨鱼汁，将其搅制为细细的泥状物，再加入切成颗粒状的墨鱼丁，调味后即可灌装。猪肉与墨鱼的香味相辅相成，鲜甜多汁。

作为家常小海鲜，笔管受到很多人的喜爱。这与其清甜的口感和有弹性的肉质分不开。笔管不仅自己能撑起一道大菜，作为配菜也是妥妥的"C位"。新鲜的笔管星彩点点，呈现半透明状，颜色粉红，肉质肥厚，闪着晶莹的光泽。新鲜的笔管做熟后鲜嫩爽口且韧劲十足，无论是用大葱拌，还是用韭菜炒，吃起来都超级过瘾。

盛夏的明星小海鲜

　　盛夏的青岛，季候风裹挟着一种飘逸修长的小海鲜，召唤着食客走进另一重至鲜至美的赏味之境，这种小海鲜就是蛏子。

　　蛏子是青岛人的叫法，实际青岛的蛏子分为两种，一为大竹蛏，二为长竹蛏。如果不是专业人士，一般人很难从外表区分二者。这是一种形状狭长，外披黄色壳皮，生活在滩涂泥沙里的贝类海鲜。现在蛏子基本已经实现了人工养殖，不过赶小海时还能够遇到少量野生蛏子。

　　我国盛产蛏子，南北沿海多有分布。在北方沿海，青岛即墨丁字湾滩涂是蛏子生长的天堂。这里有上万亩滩涂生长着蛏子，每年夏季迎来丰收。生长于潮间带泥沙中的蛏子，壳

窄长，呈剃刀状，一般长度在 10
厘米左右，最长可达 20 厘米。

◎ 蛏子

蛏子的丰收始于初夏的六月，一直持续到秋天。这段时间也正好填补了青岛休渔季的海鲜空档期，所以蛏子算是一种非常可爱与暖心的小海鲜。盛夏，喝着啤酒吃着蛏子，是青岛"哈啤酒吃蛤蜊"之外的又一消夏套餐。另外，蛏子清新鲜甜，滋味多变，"可盐可甜"，可与各种食材组成搭档，既可跻身高档酒肆，也可混迹烧烤大排档。

蛏子营养丰富，也有人称其为"海中人参"，虽然有炒作之嫌，但其内含的丰富营养元素倒也使其当之无愧。市场上一般以两种形式出售蛏子，一种是将蛏子浸在水里，这种蛏子的泥沙已经被吐干净，买回家可以直接烹饪。另一种为了便于保存，直接以挖出时的"原生态"出售。后者的弊端是如果不放盐让蛏子将泥沙吐干净，烹调再得当，蛏子的口感也会因为"牙碜"而大打折扣。通常质量好的蛏子，个头大而完整，肉质肥厚，色泽淡黄，略带咸味，无破碎也没有泥沙杂质。

依照小海鲜的美食法则，蛏子最完美的吃法莫过于清蒸和清炖。尤其在炎炎夏日，人们口味多求清淡，可在剥出的蛏子肉中加入蒜泥，与黄瓜、茄子等夏日时令菜蔬同拌，清口而鲜美，不失为一道神仙开胃小菜。对于很多女孩来说，蛏子肉嫩甜香、清鲜不腻，最主要的是热量不高，是一款极为贴心而友好的减脂美食。🔖

对虾的传说

《尔雅》中说："鰝，大虾。"古代山东海洋生物专著《记海错》中记载，"海中有虾，长尺许，大小如小儿臂，渔者网得之，俾两两而合，日干或腌渍，货之，谓为对虾"。民国美食家谭篆青就曾经说，海味里除了鱼翅鲍鱼之外，最爱吃对虾。谭家菜也擅长做虾，比如宫保虾、罗汉虾、清蒸对虾等。

标准的青岛野生大对虾，跟青岛王哥庄的会场螃蟹一样，由于产量有限，基本是个存在于民间的传说。其实，对虾并不是因为它们常常一雌一雄成对地相伴在一起而得名的。而是因为对虾个头大，常常以"对"为单位，故名"对虾"。《红楼梦》中描述海鲜的文字并不多，但是在乌庄头向宁国府进献的年货里出现了"海参五十斤、大对虾五十对"这样的叙述，看来对虾按"对"来计量古而有之。

对虾的头胸部较短，腹部较长，全身裹着一节节薄而坚韧的半透明甲壳，据说有的对虾大小若小儿臂，看上去"威风凛凛"，难怪很多民间故事将其想象为威猛的龙宫卫兵。

20世纪70年代中后期，大量大对虾头流入当时的青岛菜店，据说当时大对虾的身体部分全部出口到了日本，成为天妇罗虾的主料。当时，除了春节时会限量供应几条比表带宽不了多少的刀鱼，多数青岛人常年也见不到个荤腥。所以，当人们可以敞开购买几分钱一斤的大虾头的时候，喜庆的氛围比过年还热闹。

这种大虾头有着真材实料的虾脑，鲜味真切感人，被民间的老饕们制成了虾头酱、虾头汤打卤面、虾脑饺子。明星黄晓明的妈妈在一次访谈中就提到这段经历，说她当年怀黄晓明的时候，为了补充营养，吃了不少大虾头。

什么虾能被称为青岛对虾？当年的小虾在渤海生长到十月份后开始集结游出渤海湾，这叫秋虾，中国渔民捕到它们时约每斤12个。出了中国海区就有日本渔民捕捞了。漏网之虾在第二年返回来产卵时已长成每斤两三个的春虾了。这时的虾才叫"大对虾"。

20世纪八九十年代，大对虾是青岛大席上的经典个吃，每只50元。对照当时人们每个月不到100元的收入，吃一只大对虾，差不多相当于现在吃一条野生大黄花的价钱。很多人

◎ 对虾

对彼时对虾的品质记忆尤深，三只对虾能做出一锅浓稠鲜艳且泛着金色油脂的虾汤，再加上绿色的春韭提味，可谓非常惊艳。

"青岛对虾"出肉率高，虾肉香酥绵软，回味绵长。如今的对虾已经成为一种寻常的海鲜食材，民间和酒店用来做大虾炒白菜和大虾打卤面的颇多。有些饭店用整只虾来做虾汤包和大虾蒸包，虾尾招摇地甩在包子外面，看上去豪横又俏丽。油焖大对虾和葱爆海参是鲁菜中颇具代表性的海鲜菜肴。油焖大对虾的烹调手法使得肉质鲜厚的对虾更易入味，成品色泽油亮醇厚，仅汤汁就可下一碗米饭，在民间的受欢迎程度远超另一款葱爆海参。🔖

这是一种特立独行的海鲜

京菜和鲁菜的口味极其相似，这大概缘于清廷中多山东厨子。这些厨子中福山人居多，他们有一道鲜味秘籍，惊艳了宫廷。多年后，有其中的厨师解密，这奥妙出自海肠。他们将海肠焙干，碾成细末，趁人不注意，撒一点在菜上，于是菜品的味道异常鲜美，这也成为他们独家的"一招鲜"。

说白了，这海肠粉几乎具有"点石成金"的功效，充当的就是天然味精的角色。实际上，海肠体内含有大量的呈味氨基酸，与味精的成分相似。撒一点海肠粉入菜，可使菜品加倍鲜美；海肠粉入汤，则瞬间使普通的汤底化身为高汤。今时今日，美食万千，海鲜琳琅，口味繁多，海肠依然是鲜味的天花板，海肠捞饭依然是一道美味绝伦的"黯然销魂饭"。

在众多可以食用的海鲜中，海肠无论从外形颜值还是科目属性上，都是小众甚至是特立独行的，但味道也是倾城之味。海肠是一种古老的环节动物，学名单环刺螠，主要分布于北方沿海，是一种南方没有的海鲜，我国只在渤海湾一带少量出产。在青岛即墨的田横岛还有一种海鲜叫海蛆蜒，学名沙蚕，可辣炒也可焙干炖汤，和海肠一样，有天然味精之称。

海肠有个俗名为"裸体海参"，其营养价值与海参不相上下，价格却要相对便宜，再加之其味道鲜美至极，自然拥趸者众。与许多海鲜很早就出现在历史典故中不同，海肠在很多年里更多用于鱼饵。将其入菜，尤其是入高档菜，不过是近几十年的事情。由于海肠的市场需求量越来越大，野生海肠的数量急剧减少，于是"物以稀为贵"，其价格也逐年上升。

海肠的活体，在颜值上是十分不讨好的。但是海肠可谓是"爆鲜"，与海肠有关的美食无一不是神仙口味。烤海肠是青岛烧烤摊的明星产品。一根烤海肠的价格在 10 元左右。海肠最佳的伴侣莫过于韭菜，不管是韭菜炒海肠、韭菜肉末海肠捞饭，还是韭菜海肠馅饺子，只要吃一口，这种"狂野"的美味便会使人彻底沦陷。甚至有网友说，他原本是不吃韭菜的，但是因为这一口海肠，所有对韭菜的抵触与防备都消弭殆尽。🔖

这种小海鲜有多平价就有多灿烂

据说，20世纪六七十年代的青岛中小学里，几乎每个班都有一个叫"海红"的青岛小嫚。如此一来，海虹这种小海鲜便更平添几分家常气质。在一众贝壳类小海鲜中，海虹就像一个邻家女孩一样，自由自在地灿烂着、鲜亮着。

海虹有一个非常有古意的学名——贻贝，南方人又称贻贝为淡菜、青口和"东海夫人"。海虹很早就出现在典籍中。《尔雅·释鱼》曾记载："玄贝，贻贝。"这是一种大众化但营养价值不输海参的海鲜，有"海中鸡蛋"之誉。中国沿海盛产贻贝。紫贻贝，也就是俗称的海虹，港澳地区称其为蓝贝，壳比较薄，外壳乌黑发亮，壳内面为紫灰色，主要分布在北方沿海地区。翡翠贻贝，也就是港澳地区俗称的"青口"。其外壳的前半部经常呈绿褐色，"青口"的名字也因此而来。

淡菜是唯一以"菜"命名的海鲜。其中的"淡"字，也并非口味清淡、寡淡之意。实际上，淡菜味咸、性温，营养价值很高，并有一定的药用价值，具有较强的滋补作用。《日华子本草》说，淡菜"煮熟食之，能补五脏，益阳事，理腰脚气，消宿食"，是补虚益精、温肾散寒的佳品。这种平民海鲜，在唐代曾是贡品。据《资治通鉴》记载："初，国子祭酒孔戣为华州刺史，明州岁贡蚶、蛤、淡菜，水陆递夫劳费，戣奏疏罢之。"

海虹个头不大，外壳乌紫发亮，生存能力极强，每到退潮的时候，沿海的礁石以及码头、堤坝的石壁上都可以见到密集的海虹。目前市场上出售的海虹几乎都是海水滩涂养殖的，产量很高。海鲜的口感跟海域有很大关系，北方产的海虹似乎比南方的要更加鲜美一点。

在青岛，海虹或许是最物美价廉的海鲜之一。青岛人吃海虹所用的容器，通常是脸盆。据说，20世纪90年代以前，青岛近海的很多海域，每当潮水退去后，就会露出密密麻麻的海虹。附近的人们干脆拿着铁锹去铲，将海虹装进麻袋里往家拖。

青岛的高档酒店尽管以海鲜见长，但菜谱上却很少出现海虹这道菜。据说，不是海虹不好吃，而是价格太亲民，在大酒店要不上价。在青岛吃海虹除了在家里，就是在海鲜大排档。

海虹的价格亲民，不代表海虹不美味。实际上，海虹肉口感温和，肉质饱满，无论作为小食还是主菜都很不错。海虹可以蒸、煮，蘸姜醋汁非常美味。剥壳后的海虹肉可以与小白菜、小苔菜、茼蒿等其他青菜混炒，鲜美可人。海虹汤和肉做面卤，非常清亮。以海虹肉入馅的饺子和合饼，口味也十分清新鲜甜。🔲

◎ 海虹

你好，我叫海蛎子

很多人第一次知道牡蛎，也就是青岛人所说的海蛎子，是通过莫泊桑在其著作《我的叔叔于勒》中对于"吃牡蛎"这种"高贵优雅"的行为的描写。安东尼·伯尔顿在《厨室机密——烹饪深处的探险》里曾有这样的描写："撬开蚝壳，嘴唇抵住蚝壳边缘，轻轻吮吸，舌尖触及蚝肉，柔软多汁，嗖的一下，丰富肥美的蚝肉进入口腔，绵密得宛若一个法国式深吻，有种令人窒息的冲动。"这种小海鲜在北方统称为海蛎子，南方叫生蚝，在国外素有"海洋牛奶"之美誉。

据说，早在新石器时代，我们的祖先就开始采食野生海蛎子了，考古专家也在青岛出土的历史遗迹中，发现过牡蛎贝

◎ 海蛎子

壳。据记载，我国是世界上最早人工养殖海蛎子的国家。汉代时，中国南方沿海的居民就掌握了"插竹养蛎"的技术。宋朝梅尧臣所著《食蚝诗》中写道："亦复有细民，并海施竹牢。采掇种其间，冲激恣风涛。咸卤与日滋，蕃息依江皋。"

时光流转到当下的青岛，这里民风豪放，说到青岛的饮食文化，人们常用"海吃海喝"来形容。像海蛎子这样的小海鲜，在很多城市是用来做烧烤或者加蒜蓉当个吃来烹饪的。而在青岛，清蒸海蛎子是论盆来上桌的，算是标准的"海吃"。

在青岛，食用海蛎子讲究原味至上、大道至简。"只要食材过硬，任何多余的烹饪都是'耍流氓'。"海蛎子是仅次于蛤蜊的另一种"鲜味代言人"。俗话说"凉水蛎子，热水蛤"。一般来说，最适宜蛤蜊生长的海水温度是15~30℃。春天，水温达到11℃以上时，蛤蜊就开始生长。到了秋冬，水温下降到

10℃以下，是海蛎子生长的好时候。在青岛当地，海蛎子最为丰腴的季节为秋冬季。青岛产的海蛎子个头不大，却有着老辈人记忆中野生海蛎子的纯正口味，"呲溜"一口，肉质饱满爆浆，鲜味上头。

　　海蛎子在青岛的吃法很多，清蒸第一，各式炖豆腐、炖大白菜和下面条等汤系吃法次之，第三则是青岛名吃"软炸蛎黄"，最后才是蒜蓉烤海蛎子、海蛎子鸡蛋饼等。海蛎子鸡蛋饼类似南方小吃"蚵仔煎"，香葱与海蛎子的搭配倒是颇有北地之爽利。

这是属于浪花和海风的美好

　　位于青岛五四广场的"五月的风",是最能代表青岛城市精神的地标之一。当年热门的央视节目《综艺大观》来青采外景时,曾邀请观众回答这座雕塑的寓意。据说,有很多观众根据其"盘旋而上"的形状,猜测其为海螺造型。这当然是一场美丽的误会。不过,海螺虽然不是青岛一等一的小海鲜,但是在民间也有一定的美食地位和文化寓意。比如在青岛城建历史上,曾有一个叫作"波螺油子"的地方,这是一条呈螺旋形的石头路,因状似海螺内腔结构而得名。青岛话管海螺叫作"波螺",因此这条路在青岛就叫波螺油子。

　　青岛常见的大海螺学名为脉红螺,贝壳边缘轮廓略呈四

◎ 海螺

方形，壳大而坚厚，壳高 10 厘米左右，是典型的高蛋白、低脂肪、高钙质的天然动物性食品。这种大海螺的贝壳本身就像一件工艺品，早年间很多人家将其改造为烟灰缸，现在又有文艺青年将其用作养殖绿植的花插，还可用于制作贝雕以及诱捕章鱼。

青岛人称为香螺的小海鲜，其实包括长相相似的三个螺种，学名分别是扁玉螺、微黄镰玉螺和拟紫口玉螺。海瓜子和辣螺也是两种青岛比较常见的螺种。人们在赶小海的时候，很容易收获这几种"波螺"。如果数量少，就与其他小海鲜一道蒸煮，如果可以凑够一盘菜，便做酱爆、辣炒、红烧，是难得

◎ 海螺

的下酒菜。

有意思的是，青岛人叫作响螺的一种螺，学名才是真正的香螺，也叫卡民氏峨螺。其个头与大海螺不相上下，但螺壳狭长，壳口较小，内面呈白色。青岛海边的工艺品摊位上，常见由响螺制作而成的工艺品，通过加工，可以用其吹出简单的音调。或许响螺的名字，便由此得来。

青岛还有一种泥螺，当地人俗称"迷板"或"泥蚂"。外表黏糊糊滑溜溜，常用来做生腌，南方人甚爱。

在青岛，能入大菜的通常是大海螺，鲁菜中有一道葱爆海螺，就是将鲜活的海螺肉从壳中取出，然后切片与大葱爆炒。普通百姓家一般是将大海螺直接煮熟吃。海螺最接地气的吃法就是水煮，煮熟后将螺肉顺螺壳的方向转动，整个螺肉就会顺势而出。头尾部最好弃之，因为可能会含有某些毒素，最具食用价值的部位是海螺的腹足。将螺肉切得薄如纸片，或者与大头菜同炒，或者用生抽等调料腌拌。那海螺的鲜与韧，伴着浪花和海风的美好，是青岛人无法拒绝的快乐滋味。🔴

海

货

奇特又好看的海星

在靠海吃海的城市里，几乎想不出还有什么可以食用的海产品能够逃离被人们"暴风吸入"的命运。思来想去，海星算是其中不多的一种。

外观美丽灵动的海星经常被当作吉祥物和动漫人物的原型，比如可爱的派大星；还常常被用作各类品牌名称或者公司名称，"海星牌"或者"海星杯"不胜枚举，简直是小可爱的代名词。海星在被晒干后，通常混迹于滨海城市旅游景点的文创周边产品里吸引游客。

虽然青岛是一个可以将任何生猛海货端上餐桌的滨海城市，但是大多数青岛人不吃海星，甚至白给都不要。从前，艳丽轻灵的海星，一是做装饰物，二是给不摸潮水的游客尝鲜。这几年，每到春夏青岛的海星就有泛滥之势，让蛤蜊和海蛎子的生存大受威胁。本以为"蛤蜊遇上海星"会是诗意的邂逅，谁知道竟然是一场悲剧式的劫难。

青岛的胶州湾腹地是蛤蜊、海蛎子等贝类养殖的宝地。海星泛滥的时候，会成片铺在海底，包裹住贝壳将其吃掉。海星繁殖快，吃得多，蔓延开来整片海域都得绝产。

每到海星泛滥的时节，许多青岛人胸怀为我城解忧的豪迈担当，奔赴码头和市场，"你吃我们的蛤蜊和海蛎子，那我们就把你吃光"。这边厢，是本地人去解救青岛人视作美食符号的蛤蜊。那边厢，外地的海鲜供销商也闻讯赶来收购海星，准备以内外夹击的势头，把海星团灭。

作为一种颇具侵略性的物种，网友们早就给海星安排好了结局：能吃吗？好吃吗？怎么吃？想想吧，像小龙虾这样当年浩浩荡荡入侵的外来物种，最后不就被赋予了各种花式吃法，而且还一举成为网红美食中的扛把子了吗？

海星可以有怎样的吃法？对于蒸食或烤制的海星，最好用白醋和芥末调汁，熟后浇上即可。用海星做蛋羹，可以先将海星蒸熟，将海星子取出打散，在其中加入两个鸡蛋，搅拌均匀后加入冷水，再加入少许香油、盐、味精，隔水蒸熟即可食用。海星的药用价值比食用价值要大，市场上卖的干海星一般都是拿来做药料炖汤用。海星也可以跟阳桃瘦肉、海螺花胶等不同的食材一起炖汤喝，有滋补的效果。其实，海星的"肉"很少，基本上无食用价值，甚至许多海星中含有毒素。即使如此，也有"冒死吃河豚"的老饕们准备贡献更有趣的吃法，比如将海星子加工成海鲜酱或者"海味秃黄油"。

海星还可以做什么？近年来海星的药用价值逐渐被重视，不少海洋药物企业开发出海星营养素胶囊等产品，据说这类产品对调节人体免疫功能、祛病强身有显著功效。德国莱布尼茨海洋学研究所曾发表公报说，海星等棘皮动物在海洋碳循环中起着重要作用，它们能够在形成外骨骼的过程中直接从海水中吸收碳，以无机盐的形式（例如碳酸钙）形成外骨骼。它们死亡后，体内大部分含碳物质会留在海底，从而减少了从海洋进入大气层的碳。通过这种途径，棘皮动物大约每年吸收 1 亿吨的碳。🔲

◎ 海星

青岛人能把海蜇吃出多少花样

在类似《海绵宝宝》这样的动漫里，水母多以粉粉嫩嫩的可爱形象出现。于老饕们而言，水母不过是人类餐桌上的一道别致的海鲜美食。其实，出现在餐桌上水母可以统称为海蜇，算是水母大家族中的一个系列而已。

中国是最早食用海蜇的国家，在晋代张华所著的《博物志》中就有食用海蜇的记载。作为一种纯天然的水产食品，海蜇被誉为海产八珍之一，是地球上最古老的生物之一。

从莉萨 – 安·格什温所著《水母之书》中可以看出，水母是一种极为精通生存艺术的生物。水母的出现比恐龙要早得多，它们在地球上已经生活了大约 5 亿年，是这颗星球上最古老的多器官生命形式。在不同生命阶段，它们都能很好地生活。

　　每年 8 月左右，青岛迎来一年中最宜人的美秋时令。这时候，位于崂山深处的一个仙境般的渔村，也迎来了一年中最欢天喜地的时刻。蜿蜒旖旎的海岸线上，阳光像金子一样打在海面上，点点渔船快活地穿梭在海上，仿佛一幅天然的"渔舟唱晚"图。实际上，这是渔民们收获海蜇的丰收场景。

　　崂山区王哥庄街道黄山社区位于梦幻绮丽的山海之间，是一个世代靠海吃海的渔村。黄山村所处海域为崂山头以北，这里有一条自然形成的海底深沟，是海蜇繁衍、生长的聚集地。海蜇捕捞季从每年 7 月底开始，可以持续两三个月。由于是近海劳作，渔民驾驶小船从码头到捕捞区域只需要一刻钟。与捕捞其他海鲜时"活蹦乱跳"的情境感不同，起捞海蜇的画面安静很多，但短平快的收获节奏，也使得这种"高频"的获得感充满了泛着甜蜜的高度愉悦。

　　与捕捞鱼类、虾类等其他海鲜不同，捕捞海蜇的渔网，网口大小都在 18 厘米以上，这样不会影响到其他海洋渔业资源。海蜇体内 96% 都为水分，鲜味不易品尝到，因此要经过"三盐三矾"加工后才可食用，而"三盐三矾"中的盐即生盐，矾即明矾。经过加工后，海蜇各个部分都可入菜食用，可以说，海蜇全身都是宝。作为一种纯天然的水产食品，海蜇无法人工养殖，只能通过海洋捕捞获得。

　　黄山海蜇分为沙蜇和绵蜇。海蜇被打捞上船后，渔民们会在船上对海蜇进行粗加工。这样快节奏的操作，主要是为了海蜇"里子"。能食用的海蜇部分通常会被分成海蜇皮、海蜇里子、海蜇脑子、海蜇头、海蜇爪子等。因为要获得美味的海蜇里子，必须与时间赛跑，在捕获海蜇后尽快手工分离，否则随着海蜇死亡，海蜇里子也会很快变质，无法食用。处理过的海蜇里子和海蜇皮干净又新鲜，是九月初青岛开海之前，最迷人的海鲜之一。当然，这种高效而诚意满满的加工方式，也正是黄山渔民们踏实、勤快的生动写照。

海风与海浪在彼此召唤。黄山社区因海蜇而被称为"中国特色海蜇第一村"，这既归功于风物的得天独厚，亦离不开当地人对海蜇的深厚情感和执着追求。黄山的海蜇宴可谓盛大又别致，小众但惊艳。海蜇里子炒白菜、海蜇头拌黄瓜、海蜇皮拌白菜丝、老醋蜇头是最经典的四道海蜇菜。海蜇清脆爽口，海蜇皮炒酸菜萝卜、海蜇脑子炒鸡蛋、海蜇凉粉、海蜇爪子炖丝瓜、海蜇爪子豆腐煲、海蜇脑子汆水蛋、捞汁海蜇、肉丝香菜炒海蜇、泰式木瓜海蜇丝、油爆三脆等创意海蜇菜，在一众海鲜菜中甚是清新脱俗，每一口都是大海的味道。🔖

这种海鲜与春花一道绽放

　　青岛人对小海鲜的痴迷大致分为两派，一派是无蛤蜊不欢的"辣炒蛤蜊派"，另一派则主张"蛎虾就是我的命"。辣炒蛤蜊名声在外，简单直接、鲜味浓烈，有种直逼味精的强烈冲击力。青岛人对蛤蜊的发音，专门冠以本土化的方言防伪标志"ga la"。

　　但是如果打开青岛人的冰箱，你会发现蛎虾总是占据着一席之地，而且它很可能是青岛人冰箱里储存率最高的海鲜。这种粉红色的玲珑小海鲜艳若桃花，或在保鲜盒静卧，或在矿泉水瓶里林立，更多的蛎虾则被剥成小巧的虾仁，用于制作馅料、烹饪菜肴。在外形和口感上，蛎虾十分接近用于制作苏州

◎ 蛎虾

三虾面的河虾。

蛎虾带着一种柔和的鲜和甜，于时间的沉淀里，悄无声息地在青岛人的味蕾系统里装载了一个秘密软件。这种可算是清香型的小海鲜，于青岛人而言，是普世的人间烟火，储存着不可替代的鲜味代码。青岛人一旦吃别的虾，身体便自动开启识别和屏蔽模式——世上所有的虾，也好吃也很鲜，但是缺乏蛎虾的婉转与回味，属于只适合大快朵颐的那种流水线式的美味。

蛎虾学名鹰爪虾，俗称鸡爪虾、红虾、沙虾等，个头不大但味道奇鲜。每年春季，当如云如霞的樱桃红在青岛飘逸绽放的时候，便是蛎虾大批量上市的时候。与这种小海鲜同时入市的，还有八带、琵琶虾、海肠、海螺、蛤蜊、扇贝、鲅鱼、黄花鱼、鳗鱼等大大小小的海鲜。但是蛎虾就像是开在人们口腔里的一朵春花，令人难以抵挡这种应季美好的美味。仿佛，其他海鲜都是以过客的身份来到这个春天，蛎虾才是实至名归的主场焦点。

对蛎虾最好的尊重便是白灼。锅内几乎不加水，只加入几粒可人的花椒，再加少许葱段、姜片和一小捏盐。几分钟后，锅内仅有的一点水分被炙干，蛎虾变成若盛开桃花般的粉红色，便恰到好处可以出锅了。趁着热乎劲，剥蛎虾入口，虾肉好像一朵娇嫩的花在口腔徐徐绽放，甜的味道略大于鲜味，虽然少了其他品种虾的那种惯常的"Q弹"口感，但几乎入口即化的绵软和滑嫩，不由得让人有飞仙之感。

每年仲春与仲秋，大量蛎虾赶着来凑美好季节的热闹。这时候，也是晒金钩海米和囤蛎虾虾仁的旺季。金钩海米是青岛的地方美食特产之一，由白灼过的蛎虾晒干去壳制成。崂山当地盛产绿茶，绿茶的最佳拍档不是什么甜味系的点心，而是这种鲜美至极的金钩海米。

老饕唐鲁孙在抗战之前，因胃病到青岛疗养，遇到一位用金钩海米治噎嗝症的老者，印象深刻，由此专门写了一篇《虾米治病》。后来，他也尝试将金钩海米加入鸡蛋炸酱中，做成新派的炸酱面，并广为流传，这也成就了金钩海米的一段佳话。🈳

这种虾比小龙虾还美味

　　这是生长在青岛海边的一种不多见的小海鲜，它的出现与开海和时令基本无关，价格亲民，能够买到纯粹靠食客的运气。

　　这种小海鲜叫作蝼蛄虾，不仅内陆人不熟识，很多海边的老饕也对其有着模棱两可的认知。比如，很多人认为它是琵琶虾的一种，青岛老辈人管琵琶虾和蝼蛄虾都叫虾虎，实际上蝼蛄虾的颜值更接近低配版的淡水小龙虾，皮比较软，身形饱满，膏红肉满，美味超乎寻常。关于这种虾的文字记录多是科普类描述，很少有更多着墨。但是这一点不影响青岛人民对这种虾的热爱与钟情。那是一种海鲜里少见的鲜香，比虾肉鲜甜，又比蟹肉层次丰富，其味之浓郁堪比大闸蟹，这就是蝼蛄虾的魅力所在。这种虾通常产量有限，而且新鲜度极高，通常下锅前还是活蹦乱跳。所以，很多青岛人对它是欲罢不能，逢见必买。最鲜美的蝼蛄虾，通常出现在离海岸线最近的餐桌上。

每年的夏末初秋时节，蝼蛄虾常见于青岛近海浅滩，人们常在"赶小海"时见到它。老辈人对蝼蛄虾的捕捉方式记忆犹新，那是一种妙趣横生的"游戏"。退潮的时候用铲子挖洞，然后拿毛笔之类的东西伸进洞里，蝼蛄虾会觉得有外物入侵了它们的家园，死死抓住这些工具。当毛笔抽出来的时候，蝼蛄虾就会同时被拽出洞。

蝼蛄虾口感丰腴细腻，浓油赤酱烧制的味道才是上乘。如果采用与其他虾类相似的烹饪方法来处理蝼蛄虾，尤其是简单的煮、蒸和烤这种相对原味的做法，则有点"食无味"的单调，无法激发出蝼蛄虾身体深处的鲜味基因，美味便会大打折扣。烹饪蝼蛄虾可以仿照小龙虾的做法，做成麻辣味、蒜香味和椒盐味，那么蝼蛄虾会立即与调料"琴瑟相合"，美味提升一个等级。

琵琶虾是青岛人心头的白月光

于青岛老饕而言，检验他们是否真正属于高级海鲜食客的一个重要标准，就在于他们是否能娴熟地将琵琶虾的整条虾肉利落地剥出。这可以对标苏浙沪老饕拆蟹后，可以将大闸蟹的壳再完整复原，仿佛视频开启倒放模式，一切回到初始版本。

琵琶虾是春天通往鲜味季节的使者，学名为虾蛄，在我国各地沿海均有大量出产。作为餐桌上的人气海鲜，它也拥有超多的别称，比如皮皮虾、爬虾、濑尿虾、琵琶虾、富贵虾、虾爬子、虾虎、螳螂虾等。青岛人更乐意称其为琵琶虾或者虾虎，而虾虎的名称同时也被青岛人用于称呼一种学名为虾虎鱼

127

的小海鲜。

在中国出产的众多海鲜当中，琵琶虾无疑是跨越南北界限、普遍存在的一种海鲜，名字也是非常丰富，加之其"天生丽质"的超高颜值，可以看出它在沿海各地都享有极高的知名度和喜爱度，一直以来都是备受欢迎的国民海鲜，堪称海洋界的明星。把它的任何一个名字单独拎出来，都会感觉异常贴切。比如琵琶虾，就是因其形似一把倒置的琵琶而来；螳螂虾的叫法，则因为其有两个类似螳螂的凶猛大钳子；濑尿虾的叫法，是因为它从水中被捞起时，常会喷出透明液体，好似撒尿一般。

俗语说，海鲜分公母，味道大不同。公琵琶虾肉质肥壮饱满，咬一下"满口鲜"；母琵琶虾吃起来有虾肉的甜鲜，也有虾子的味香，口感层次更为跳跃。琵琶虾的虾壳虽然呈现半透明状，但简单从外观并不能看到母琵琶虾贯穿身躯的厚实红膏子。不过如果掌握了琵琶虾公母的"小机关"，其实很容易甄别。一个简单的方法是看琵琶虾第三对小爪旁边有没有两条像小腿一样的东西，有的是公的，没有的是母的。还有一个方法是看琵琶虾的脖子，有三条白线的就是母的。大部分人喜食母琵琶虾，但也有人对公琵琶虾情有独钟，如同"各花入各眼"。

在青岛，琵琶虾最经典的做法，莫过于简单的蒸制。对，只是隔水清蒸，任何调料，包括葱姜料酒这些去腥神物，甚至是盐都不需要放。热气蒸腾的琵琶虾出锅时，会散发出一种海洋特有的清新气息，又夹杂着隐隐的甜味，怎一个迷人了得。

◎ 琵琶虾

琵琶虾之所以可以如此傲娇地保留其原汁原味，其根本原因在于它所蕴含的高浓度的氨基酸和胺类化合物，这些独特的化学成分使其融合了蟹与虾的美味，成为一道汇聚两大海鲜精髓的美味佳肴。除了蒸制这种传统而简约的做法，也有年轻人更乐意采用椒盐、生腌或者香辣等方法烹饪。虽说各有所好，但若采用这类烹饪方法，调料一定会喧宾夺主，覆盖琵琶虾原有的鲜甜。

美貌与美味并存的小海鲜

如果要找一种特别具有文艺气息的海鲜，或许很多人会推荐扇贝。对他们而言，扇贝壳的美学价值远超其作为美食的实质。

尤其当外乡人第一次在青岛凭海临风的时候，那一串串贝壳叮当清脆的风铃声从不远处的沙滩处传来，仿佛就是"面朝大海、春暖花开"的最好见证。

除了贝壳风铃，与大海有关的文创产品中，以状似折扇的扇贝壳为素材所制作的工艺品，精巧而环保，亦深得游人的芳心。总之，无论是贝壳风铃还是"海味"的手作美物，都是一种与浪漫、唯美、海边假日有关的美好记忆。

扇贝是青岛人非常喜欢的一种小海鲜，物美价廉，有各种做法，鲜美了冬日的餐桌。在青岛可以养殖且常见的扇贝是栉孔扇贝。扇贝其实是一种非常有趣的海洋生物——活体扇贝贝壳边缘的外套膜上有许多深色的小点，这是扇贝的眼睛，有的甚至多达 200 只，虽然这些眼睛只能感受光影的明暗变化，不能分辨物体形状，但也足够帮助它们逃避海星等天敌了。

古人曰："食后三日，犹觉鸡虾乏味。"可见干贝之鲜美非同一般。扇贝在古籍里通常是以瑶柱和干贝的面目出现，这种在生物学上极为普通的贝类生物，很早就被奉为中餐里的高档美食，为海味八珍之一。《本草从新》中说它具有"下气调中，利五脏，疗消渴"之效，认为其属于药食同源的高级食材。所以，其在古代能从若干山珍海味中脱颖而出，位列皇室贡品也是有据可循的。

扇贝的烹饪方法与其他贝类相比并无特别之处，但其衍生的精致且美味的"赛螃蟹"，却是其他海鲜难以比肩的。

赛螃蟹是一道传统特色名菜，属于鲁菜，以扇贝柱和鱼肉为主料。将贝柱沿纹理撕成丝，鱼肉切成小块，配以鸡蛋清和咸蛋黄，加入姜、醋、盐、鸡精等少许调料，热油滑炒，成品菜肴雪白似蟹肉，金黄如蟹黄。这道菜不是螃蟹，味道却胜似螃蟹，故名"赛螃蟹"。尤其是在冬日，当扇贝进入高产期，而螃蟹并非当季时，"赛螃蟹"不知成为多少螃蟹爱好者的解馋"神物"。

自实现规模化养殖后，扇贝便与蛤蜊、海虹一同被列为平民化的"三宝小海鲜"。扇贝的吃法最省事，可以清蒸蘸姜

◎ 扇贝

醋来吃；可以与粉丝一道，做成口味清奇的蒜蓉扇贝。扇贝柱可以与菠菜、大蒜等一起凉拌，成为一道经典的下酒凉菜。立冬前后，扇贝在市场中随处可见，雪白的扇贝柱成就的是最鲜美的白菜水饺，鸡蛋素馅的那种，颜色飘逸、清淡如菊，口味则是各种鲜味簇拥起来的大海的"甜美"。🔲

此味独爱夏日长

　　暑气蒸腾夏日长，总有些味蕾的记忆裹挟着老夏天的味道，穿梭而来，叩响盛夏流年的昨日时光。

　　20 世纪 80 年代，石花菜凉粉就像当下的奶茶店一样，充满了浓厚的亲民气息，饭店的便民窗口、闹市区的阴凉处、海边的风景区，出售石花菜凉粉的小摊随处可见。来一碗，既消暑解渴又充饥。时至今日，石花菜凉粉依旧是青岛各大酒店的经典凉粉之一，尤其夏天，几乎每桌必点。果然，在青岛，没有凉粉的夏天是不完整的！

　　最地道的石花菜凉粉当属崂山农民自制的。每到春天，包着各色头巾的农妇会在崂山蜿蜒山路上的背阴处支起小桌卖凉粉，招揽春游踏青的路人。游人坐下后，她们会从白铁皮桶内捞出一块晶莹剔透、呈透明啫喱状的碗状半圆形凉粉，将其盛到粗瓷大碗里，用小刀随意划几下，切成不规则形状，然后依次放入蒜泥、香菜、海米、胡萝卜、榨菜和醋、盐、味精等调料，令人眼花缭乱。制作好的凉粉有着美食特有的视觉美感，让人很有食欲。吃一口，爽滑弹牙，凉丝丝、滑溜溜，酸辣又爽口。一碗下肚，惬意开胃，暑意全无，整个人通体舒畅，十分清爽。

凉粉很早便已出现，宋代的《东京梦华录》中就有关于凉粉的记载。青岛凉粉起源于崂山地区的石花菜凉粉，按照本地的传说，可追溯到两千多年前。相传当年秦始皇曾派人到崂山寻找长生不老药，崂山道人用石花菜熬制的凉粉深受秦始皇的喜爱。石花菜，听起来非常朴实的一个名字，实际上，它还有海石花、红丝、凤尾、海冻菜等非常美丽的名字。青岛海域有着丰富的石花菜资源，气候条件也很适合石花菜生长。天然的石花菜一般在夏、秋季采收，日晒夜露，干燥备用，食用时以开水浸泡、洗净即可。

石花菜凉粉在青岛民间有着颇高的人气，很多人除了对夏天的凉粉印象尤深，对于正月里待客常用的凉粉亦是记忆深刻。除夕夜，很多人家会用下过饺子的汤汁，熬上一锅凉粉。将石花菜放入滚烫的饺子汤中，然后再用锅底的余温慢慢熬煮。静置一夜，初一早上，用滤网过滤出未煮化的石花菜和杂物，余下的汤凉透了便是上好的凉粉。将凉粉放在清水中泡着，随吃随捞，简单一拌即是春节时待客的一道速成美食。

石花菜凉粉不含淀粉和脂肪，完全由被称为"肠胃清道夫"的海藻多糖组成，有清除肠道沉积废物的作用，有助于排毒减肥养颜。其中不含任何人工色素及防腐剂，属于纯绿色天然海洋食品。晶莹剔透、嫩滑爽口的海菜凉粉，夏季冷食有消暑解渴之功，冬季拌入辣椒热食，则有祛寒暖胃之效。

如今的青岛凉粉也像全国凉粉一样分甜咸两派。咸派自然是饭店里常见的凉菜做法。甜派则融合了川味冰粉、江浙木莲冻和两广烧仙草的风味，加入酸奶、椰奶和西瓜、火龙果等颜色鲜亮的水果，吃一口，仿若夏日夜晚的白月光，沁人心脾、无上清凉。🔲

◎ 凉粉

梁实秋念念不忘的小海鲜

作家梁实秋在《雅舍谈吃》中写道："我第一次吃西施舌是在青岛顺兴楼席上，一大碗清汤，浮着一层尖尖的白白的东西，初不知为何物，主人曰是乃西施舌，含在口中有滑嫩柔软的感觉，尝试之下果然名不虚传。"这"嫩滑柔软""名不虚传"的西施舌究竟为何物，竟取了一个如此香艳的名字？

西施舌又叫海蚌，与蛏、蚶、蛤、蚬、牡蛎、河蚌是同类的，都属于软体动物门、瓣鳃纲的动物。它的双壳略呈三角形，蚌壳外表光亮、壳顶呈淡紫色，壳表呈黄褐色。打开外壳，晶莹洁白的肉体就从缝隙里吐出来，犹如美人之舌。

西施舌是北方海域中个体较大的贝类，但因为有一个有

◎ 小海鲜

故事的美丽名字和著名作家的加持，而变得顾盼生姿。其斧足肥厚，颜色乳白，上尖下阔，光滑圆润，酷似人舌。西施舌肉质细腻，味道鲜美，是一种高蛋白、低脂肪、低胆固醇的食物，对人体健康大有补益。西施舌肉中含有人体所需的八种必需氨基酸，具有抗动脉硬化、降低血脂、改善心律失常的作用，有润肺、益精补阴之功效。

在青岛的众多贝类小海鲜中，西施舌只能算是一个小众海鲜，这一点不耽误西海岸的"泊里西施舌"被批准成为全国农产品地理标志登记保护对象。除了西海岸沿海，西施舌也分布在崂山湾、沙子口湾和王哥庄镇沿海潮间带中的低潮区沙泥中，被视为当地名贵菜肴。青岛人吃小海鲜讲究原汁原味，西施舌本身鲜嫩甘甜，只需像梁实秋笔下的西施舌那样佐以清汤食之，撒上一点食盐，就是一道清新透亮、至鲜至美的佳肴。

梁实秋另在《忆青岛》中描述过"西施舌"的具体吃法："西施舌不但味鲜，名字也起得妙，不过一定要不惜工本，除去不大雅观的部分，专取其洁白细嫩的一块小肉，加以烹制，才无负于其美名，否则就近于唐突西施了。以清汤汆煮为上，不宜油煎爆炒。"在他笔下，那块洁白细嫩的小肉其实就是将西施舌的裙边去掉后，特意留出来的那块最精华的带着"小舌头"的肉。

一些青岛的酒店为了重现西施舌的文化形象，还用吊过的高汤或者鸡汤来提升西施舌的鲜味。对于这种新式做法，食客们的态度分为不可调和的两派。一派认为这么做虽然鲜上加鲜，但有点画蛇添足。另一派则认为在讲究口感丰富多元的当下，西施舌与众鲜和合共融，将各种鲜味"一汤打尽"，倒也不失为一道创意菜。

小虾皮 大美味

海
货

虾皮、海米和虾酱是青岛人餐桌上常见的海鲜类调味品，尤其是虾皮，在日常生活中的使用频率超高。饿了，吃一把，既打馋虫又垫饥；做汤，抓一把，既提味又增鲜。

虾皮算海鲜吗？在人们的印象中，"标准"的海鲜是海参、鲍鱼、海蟹这种。实际上，虾皮也是由正经的虾制作而成，而且还是一只完整的虾。这种制作虾皮的虾，学名叫毛虾。全世界有十余种毛虾，我们平常吃到的毛虾主要是中国毛虾。毛虾是一种生长迅速、生命周期短、繁殖力强、世代更新快、游泳能力弱的小型虾类，在生态习性上属于浮游动物类群，随潮流推移而游动于沿岸、河口和岛屿一带。中国毛虾的适温范围为

11~25℃，适盐范围为 30~32‰，为中国特有种类，中国沿海均有分布。毛虾天生就很小，肉也不多，体长基本不会超过 4 厘米，但营养价值高，风味独特。晾晒或烘干后，几乎只剩一层皮，所以才叫它"虾皮"。

毛虾个头小，可是产量却很大。在海洋生态系统里的角色也举足轻重，所谓"大鱼吃小鱼，小鱼吃虾米"，这虾米指的就是毛虾这类小虾。除了鱼，很多海洋生物都会把毛虾当作食物。

在《胡同文化》一文中，汪曾祺写道："北京人易于满足，他们对生活的物质要求不高。有窝头，就知足了。大腌萝卜，就不错。小酱萝卜，那还有什么说的。臭豆腐滴几滴香油，可以待姑奶奶。虾米皮熬白菜，嘿！"真是妙，把老北京的家常小吃写绝了！如同汪曾祺的描写，虾皮最常见的作用，就是"借味"提鲜，其作用堪比味精，但属于吃得着看得见的那类鲜味。

日常生活中，做一碗极为简单的紫菜虾皮蛋花汤，虾皮妙在其间；做馄饨，汤底也少不了一撮虾皮；拌个小凉菜，放一把虾皮进去，鲜味立即倍增；而青岛人爱吃的韭菜哈饼，虾皮是其中的灵魂食材，如果没有虾皮，其美味就会大打折扣。

虾皮是那种不喧宾夺主又悄然增色的海鲜食材。尤其在过去，素炒青菜非常寡淡，抓一把虾皮爆香，鲜香的虾皮与青菜共舞，使青菜鲜味倍增，滋味飞扬。

从营养角度来说，虾皮中钙的含量极其丰富，有"钙库"之称。老年人常食虾皮，可预防自身因缺钙所致的骨质疏松症；在饭菜里放一些虾皮，对提高食欲和增强体质都很有好处。

第三章

鮮趣

在青岛，有一种过年叫"开海了"

海水正蓝，天气清冽；瓜果热烈，月满西楼。中秋的美妙远远不止于此。因为开海，才是打开秋天的正确方式。开海的喜悦和海鲜的丰饶，使得这个季节于四季中，拥有了更超然与清新的曼妙。

在青岛，有一种过年叫"开海了"。在青岛，还有一种皆大欢喜叫"开海了"。开海于民间而言，其热烈喜庆的氛围，较之过年，丝毫不差。

从八月底开始，青岛民间就开始了类似忙年的冰箱清扫行动。这时候清理的多是五月份封海前的海鲜"存货"。冰箱清出来后，就可以跟着海鲜上市的节奏，一边买、一边吃、一

◎ 海鲜拼盘

边存。这样到了冬天，冰箱里的海鲜又可以打"馋虫"了。

伏季休渔是让海洋渔业资源休养生息的重要举措。人类与大海彼此温柔以待，才能实现更长久的共存。这种等待，亦是为了更有鲜度、有质量的重逢。从五月到九月，经过四个月的翘首以盼，黄渤海海域在九月一日正式开海。青岛的各个渔港像过年一样再次沸腾、欢喜起来。同多姿多彩的春鲜一样，这个季节的海鲜也令人眼花缭乱。活蹦乱跳的螃蟹、带鱼、鼓眼鱼、黑头鱼、黄鱼、对虾、蛎虾、扇贝、琵琶虾、海蛎子、鱿鱼等都有，秋天里丰收的海蜇虽然只是小众海鲜，但也因为其特有的季节属性，在一众鲜活的海鲜中占据了一席之地。

青岛人的胃里住着一只猫。开海后的餐桌，如同一个迷你的海洋世界，各类海鲜被巧厨们做成色香俱佳的美味菜肴。于外地人而言，品尝海鲜可能是深入体验青岛市井生活最直接、最便捷的途径。多年前，就有精明的上海人在露天的菜市场买来海鲜，请小饭店的青岛老板代加工。如今，这种代加工已经升级为很多青年旅馆的营销噱头——带"驴友"逛海鲜市场，用青岛话砍价，学做青岛家常海鲜。当年，在青岛老城区"隐居"的摇滚歌手张楚，回到北京后念念不忘的就是这里的家常烧小黄花和辣炒蛤蜊，当然还有漂亮泼辣的青岛小嫚。

开海是青岛人从心底生发的热爱大海的生活态度，这种态度适用于青岛的大海洋概念，也适用于青岛人的小海鲜情怀。海与海鲜，正如人与自然的和谐相悦。

大海小鲜

鲜

趣

地处北纬 36 度附近的青岛，三面环海，占尽了盛产海鲜的地利。青岛的海域位于黄海中部，与东海、南海相比，水温低，海鲜的生长周期长，在时光的沉淀和大海的慷慨馈赠下，青岛的海鲜显得更为惊艳。

蛤蜊、蛎虾、琵琶虾、扇贝、海蛎子、海螺、毛蛤蜊、西施舌、海虹、蛏子、蚬、八带、墨鱼豆等花样繁多、应季而生的小海鲜，并不是青岛海域专有。但事实上，青岛出产的这些小海鲜，有着"最青岛"的鲜甜、紧实、"Q弹"，代表着青岛海鲜独树一帜的小美好。

小海鲜是青岛进入春天的美食通道，如果不能畅吃小海

◎ 无名

鲜，这个季节就是不完整的。从惊蛰开始，八带、琵琶虾、海螺就开始登场，然后蛎虾、蛤蜊、螃蟹、蛏子等大量上市。这些小海鲜可以各唱一台鲜味独角大戏，比如白灼蛎虾、清蒸琵琶虾、原汁儿蛤蜊等，用南方人的话来讲简直是"鲜掉眉毛"。

小海鲜也可以与春天的蔬菜搭配为一道道"春鲜"，只要没有忌口，这些食材的烹饪方式完全凭烹饪者的心情，随意搭配都是经典，比如韭菜炒笔管鱼、大葱拌八带、菠菜拌毛蛤蜊、苔菜炒蛤蜊、青椒炒八带等，不一而足，都是满满的春天味道。

小海鲜还可以在众多大菜中"跑龙套"，比如在海鲜小豆腐或者海鲜疙瘩汤中加入的蛤蜊、虾、蛏子、小笔管鱼等小海鲜，作为点缀品的魅力经常盖过这道菜的其他食材。无论参与度如何，小海鲜的存在感都相当强，在菜品中绝对是画龙点睛之笔。

这几年春天，青岛新晋的海鲜网红竟然是以前被扔掉的墨鱼豆，墨鱼豆韭菜馅饺子价格不菲，成为朋友圈最新美食的"梗"。虽然墨鱼豆现在成了市民餐桌上的美食，但在三十多年前却很少有人吃，打捞上来后一般就直接被渔民们扔掉了。时下，这种小拇指甲盖大的墨鱼豆，一跃翻红。虽然味道谈不上多么惊艳，但却迎合了当下美食要别出心裁的大势。

蛤蜊是青岛最深得人心的平民小海鲜，也是青岛的海鲜"名片"，在其他地方叫作花甲或者花蛤。在青岛，蛤蜊必须叫"嘎啦"才能接地气。蛤蜊广泛分布在中国各大海域，但是把蛤蜊当作本地特产的只有青岛，这里的蛤蜊分布广泛，高产易得，皮薄肉肥、鲜嫩多汁，称之为特产也不为过。

为什么青岛海鲜讲究原汁原味

早先，不管是青岛的酒店还是寻常人家，对小海鲜最高的礼遇，便是保留原汁原味。这种保留原生态味道的吃法，其实是最高级的一种吃法，其对海鲜新鲜程度的要求，超过了任何其他的烹饪方式。这跟日本的生鲜料理有异曲同工之妙，不过他们的佐料是芥末与酱油、陈醋等，青岛则佐以醋与姜末。其目的，都是为了压制海货的"寒气逼人"。

"最高端的食材，往往只需要采用最简单的烹饪方法。"以"生猛"示人的小海鲜，讲究的是新鲜。在青岛人家，小海鲜的最佳食用方式，就是白灼和清蒸，最多再加上油泼、炖汤和生吃。青岛的酒店，尤其是小饭店，推崇白灼和清蒸等做法多少有点"狡黠"的意味，这其中自然有店家为省时省力的成本考量。不过食客也大多不勉强店家提供更复杂的烹饪方式。因为，烹饪技法越是繁复，越是会覆盖海鲜的甜鲜，最后吃到的只是调料的味道。

也许会有人说，为什么河鲜较少采用原汁原味的做法，而一般采用麻辣、剁椒、捞汁等做法。其实事实胜于雄辩，对于小龙虾、河鱼等河鲜，如果单纯用白灼或者清蒸的做法来烹饪，几乎没有什么味道，甚至还会有隐隐的土腥味儿。所以，我们通常吃到的小龙虾大都是麻辣、十三香、蒜香等口味的。各种淡水鱼也是以浓油赤酱或者麻辣鲜香的重口味示人，本味缺失，只求口感的层次丰富。

在青岛的菜市场，活蹦乱跳的海鲜价格不菲，"去世"后则身价大跌。一些摊贩推销质量稍次的海鲜，会在刚"去世"不久的海鲜旁边写上直白的悼词——"憋死的"，以此表达这些海鲜虽然不蹦跶了，但新鲜度还是有的。原味的海货烹饪方式，对不谙厨艺的吃货来说，简直就是福音！这么说吧，青岛小哥和青岛小嫚无须会什么绝密烹饪大法，只要有会开气灶的生活"小机灵"，就可以操办一桌海鲜盛宴。由此，先从俘获味蕾开始，继而俘获一个人也是水到渠成的事儿了。

据说，有人在烹制蛤蜊、海蛎子、扇贝、蛏子等贝类海鲜的时候，为避免干锅，几乎只放很少的水。守着锅边，看着蛤蜊像盛开的小花一样次第绽开，开口一个吃一个。扇贝、蛏子等也如法炮制。这样的吃法，可以最大限度保留小海鲜的"鲜、咸、甜"，使小海鲜不会在煮的过程中被大量的水夺去鲜味。不错，咸和甜这两种截然不同的味道，在小海鲜中巧妙地融合，使得这些小海鲜的味道层次丰富，令人回味无穷。🔖

鲜趣。

海鲜全家福是北方的佛跳墙

中国饮食博大精深，若提起美食界的巅峰之作，恐怕很多人会认为是佛跳墙。这是一道费时费力费银子的大菜，包含了海参、鲍鱼、鱼翅、干贝、鱼唇、鱼肚、花胶、瑶柱、蛏子、火腿、蹄筋、冬菇、冬笋等顶级的食材，不仅是我国的"非遗美食"，还是招待国外贵宾的"国宴菜"。在民间，一道宴席上若能够出现佛跳墙的个吃，无疑象征着该宴席的高规格与非凡品质。

其实在青岛，每到除夕或者重要的节日，也有一道与佛跳墙极其相似的大菜，青岛人称其为海鲜全家福。这道菜的制作方法跟闽菜系的佛跳墙相似，也需要文火慢炖。一般来说，包括青岛在内的很多北方城市，居民在饮食习惯上多展现出粗犷之风。在青岛这样的滨海城市，人们除了对海参的泡发稍显耐心，对鱼翅、干贝、干鲍等高级海高档海鲜的处理，还是缺乏那么一点投入与专注。青岛的海鲜全家福可以算是一道可圈可点、充满心思的美食。

20世纪90年代之前，人们的物质生活并不丰盈。海鲜全家福相当于年夜饭中的"大王"，拥有至高无上的地位，食材也十分珍贵有限。海鲜全家福中的对虾、干贝、墨鱼干、鱼肚、鱼翅、海参等，并不是非常易得的食材，对普通人家来说堪称那个年代的奢侈品，需要很多人家花大半年的时间来零星地筹备食材。

在制作海鲜全家福之前，要细细地根据每种食材的属性分门别类发制，小火宿夜操持，再继续暗火滋养，方可得此美味。说实话，这道海鲜全家福在青岛并不具备受大众追捧的条件。追逐这种美食需要有财力、耐心、经验。正是因为美食难得，所以在除夕夜，十户人家中有一家能够端出海鲜全家福，就足以体现出这座城市精工细作的美食追求。

青岛集聚了全国近一半的海洋科技人才，我国海水养殖的五次产业浪潮均发端于这座城市。20世纪90年代中期之后，许多曾经昂贵且难以获取的海鲜开始实现了规模化养殖，让更多的寻常人家能够轻易品尝到多样的海鲜美食。人们在制作海鲜全家福的时候，更愿意就地取材，用鲜海参、鲜虾、鲜鱿鱼、鲜鲍鱼、鲜扇贝等鲜活的食材来制作。这种速成的快餐式海鲜全家福，食材十分常见，炖煮时间比煮方便面的时间长不了多少，所以更像是海鲜乱炖或者海鲜冒菜，鲜味十足，令人满口生津。这种大众海鲜全家福的普及度较高，但短板是缺失了厚重感。少了干货泡发这道工序，似乎少了仪式感和这道菜的精髓，更少了绵厚醇香的滋味。当然烹饪美食这种美事，历来是见仁见智。🔴

虾酱是来自大海的另类鲜味

早些年的生活贫瘠单调，很多人的童年最盼望的只有两件事，一件是过年，另一件就是推虾酱。将虾酱这种今日看起来等同于咸菜意义的佐餐小食与过年相提并论，足以见虾酱这种吃食在百姓餐桌上的影响力。

暮春时节通常是推虾酱的旺季，因为这时候是海鲜收获的"大潮"。彼时，生计艰难，推虾酱的原料一般是做不了菜的小鱼小虾，或者干脆是老百姓口中的"臭鱼烂虾"这些弃之可惜的海鲜下脚料。刚推出的虾酱不鲜，盛在坛子里，抓上两把盐，放半年后取出，腥臭腥臭的，这就是很多百姓家中一年的荤腥。这虾酱看似简单，实则用处颇多。首先，在发酵后的虾酱中加入鸡蛋和葱花蒸制而成的鸡蛋蒸虾酱是味道一流的下饭菜。其二，虾酱中含有丰富的蛋白质、氨基酸、维生素等营养成分，且其中所含的鱼虾钙质分解后能转化成为易于人体吸收的钙，因此虾酱也算是一道营养佳品。

随着时光的流转，如今市场上的海鲜琳琅满目，用高级食材制作的虾酱已经成为一种常见的调味食品。在青岛，上乘的虾酱是以蛎虾、大虾头为原料制作的。在青岛还有一种非常独特的虾酱，叫作"末货"。吃一口，鲜得上头。要知道，那一口就是上百只虾，当然那是一种小得不能再小的纳米虾。

啥是"末货"？在青岛渔民的口口相传中，海鲜一般被称作海货。海货分为三种：大流货、大货和末货。城阳区前海西附近海域产出的小红尾虾居多，一网捕上来的海货中小红尾虾就是大流货，而鱼、虾、蟹和八带蛸等大一些的海货叫作大货。在挑拣完大流货和大货之后，剩下的全是小红尾虾以及虾仔，这时用箩在盛有干净海水的容器中漂洗，由于小虾仔比红尾虾轻，便漂浮于上层，最后用捞篱捞出浮在上层的少量虾仔，这就是末货。据说，红岛食用末货的历史，最早可以追溯到明代。末货因富含高钙和蛋白质，具有极高的保健营养价值，从而受到人们的青睐。清朝时期，末货酱曾是皇家的御用贡品，也算是"末货"中的顶流货。

除了青岛，虾酱也是中国沿海地区、中国香港地区以及东南亚地区常用的调味料之一，是指在小虾中加入盐，使其发酵并将其磨成黏稠状后，做成的酱食品。味道比较咸，一般都是制成罐装调味品后，在市场上出售。亦有干燥成块状出售的虾酱，被称为虾膏或虾糕，味道较虾酱更为浓郁。好的虾酱颜色紫红，呈黏稠状，气味鲜香，无腥味，酱质细腻，没有杂鱼，咸度适中。

在青岛，虾酱作为一种脍炙人口的海鲜快餐食品，散发着特有的鲜香。虾酱的经典吃法是在虾酱中打入一个鸡蛋，加入葱花和辣椒丁，搅匀后上锅蒸熟，紫红的虾酱中裹着鸡蛋的白与黄，上面还点缀着辣椒的红与葱花的绿，色、香、味俱全。还有两种吃法也较为普遍，一是虾酱炒芸豆丁，二是虾酱炸大排。其他诸如虾酱炒鸡蛋卷饼，虾酱咕嘟豆腐，都是家常而美味的快捷食品。之所以称之为快捷菜品，是因为这些菜品制作起来十分简单，还有一个原因就是几乎每个青岛人家的冰箱里，都放着一瓶备用的虾酱。

鲜趣。

◎ 虾酱

不可一日食无鱼

　　青岛人的生活中可以一日无肉，但不可一日无鱼。吃鱼几乎成为青岛人生命中至高无上的饮食信仰。

　　就拿青岛的单位食堂来说，炸鱼几乎是每周必备菜式，炸黄花鱼、炸带鱼、炸鲳鱼、炸舌头鱼、炸偏口鱼、炸黄尖鱼是出场率最高的几类经济鱼种。单位食堂的食用油通常会反复用几次，鱼一般也是用相对比较便宜的冰鲜鱼。很多大师傅为了让这类看似乏善可陈的鱼更有味道，会在腌制鱼的时候加入葱、姜、花椒等调味品，这种味道倒也成为许多上班族比较喜欢的"妈妈的味道"。

　　那是一种比较久远的味道。放学时分，对于很多孩子来

◎ 红烧鱼

说都是一天中最饥肠辘辘的时刻，回家时恰好妈妈在厨房炸鱼，特殊的鲜香味道格外诱人，或许那就是家的气味。在过去的日子里，很多人提起最美味、最难忘的美食，就会想到"馒头配炸鱼"。脑补一下这个场面，刚出锅的暄腾的白馒头和从油锅里"蹦出来"的喷香的炸鱼，那或许是人生中最温馨且充满回忆的场景之一……

美食家蔡澜认为最好的饭菜是一碗白米饭配一条清蒸鱼，将蒸鱼的酱油浇在白米饭上，比吃什么都惬意。在青岛的寻常人家，上桌率最高的饭菜莫过于白米饭和家常烧鱼。鱼一般是当季鱼，什么鱼并不重要，如何做也不重要，顶顶关键的是要

鲜趣。

157

新鲜。

　　至于吃法，顶顶新鲜的鱼通常被赋予清蒸、油泼、炖汤或者生食这样的简单吃法。不过青岛的普通人家中最常见的做法是红烧，这种烹饪方式与福建的酱油鱼有异曲同工之妙。通常先将各种调料加入锅中，爆锅后加入水烧开，然后将鱼放进锅里炖，最后收汁即可。此种做法一定不必将鱼过油，就直接原味炖烧，这是对新鲜鱼的最高礼遇。鱼汁拌米饭，每一粒米都浸润了鱼的鲜味，堪称一绝。

　　如今每年的五月一日至九月一日，是青岛常规的休渔期。五一前后，本地海鲜市场上海鲜的价格会有小幅上升，因为这时候本地人会蜂拥而至，囤货备"封"。很多时候，大家将休渔和封海混为一谈，实际上，伏季休渔政策并不是完全"封海"。休渔期间，从事钓具作业的渔船可以从事捕捞活动。所以，在休渔期，我们还能买到新鲜的黄鱼、燕子鱼、白姑鱼、黄花鱼、黑头鱼等。

　　所以啊，在青岛不可一日食无鱼，这既是一种口福，也是大自然给予这座城市的一种美好馈赠。

吃海是刻在青岛人骨子里的美食基因

如果要给青岛人找出三个深为这座城市骄傲的最大公约数，那么大约可以归纳为：一是看海、二是戏海、三是吃海。所以，青岛人在形容量很大时，有一个特别的数量词——"海了"。青岛人在形容海鲜的味道时，有一个很美很清新的词——"鲜亮"。

与看海、戏海相比，吃海更像是刻在青岛人骨子里的一种美食基因。无论是在家庭厨房，还是在大酒店、小饭馆和大排档，海鲜都是实至名归的当家菜。

值得玩味的是，即使是同一种菜品，每家也都有自己的"一招鲜"。比如几乎每家青岛的饭店都有炒蛤蜊这道菜，但是味道都有所不同。川菜店会将麻辣的炒法融入海鲜的烹饪中，创意菜的店家则可能采用新潮的冰镇做法。每家大饭店的主食，几乎皆以海鲜饺子作为主打。以前的老城区有许多不起眼的小店，多数只有四五张桌子，当家菜就那么几道。有的饭店干脆就以某种海鲜的名字命名，比如 X 氏小蛤蜊、老 X 家鲅鱼饼子店……直白的名片化语言，既浅显易懂，又表明了自家的特色。

有的店只有笔管鱼炖豆腐和鱿鱼炖豆腐两道菜，但每天都需要提前预约，卖完为止。这两道炖菜看上去非常平淡无奇，而且也是多数青岛家庭常做的家常菜。但这家的海鲜炖菜就是与众不同，汤鲜美且浓稠，米饭也油光锃亮。饭与菜的香气在不大的房子里交融渗透，形成一种独特的、迷人的气味。那时候还没有浓汤宝这一奇物，有人说饭店老板往汤里兑了奶粉，在米饭里添加了花生油。这种说法无人考证，也未经店家证实，后来饭店也在拆迁中逐渐消亡。但对于青岛的资深吃货而言，这种承载着青春的海味，让吃海的物化满足代入了精神的回味，也是一种人生的小美好。

虽然每一种海鲜都承载了节气流转的密码，但每年的春天无疑是吃海的狂欢时节。丰美的海鲜可以对标这个时节的百花齐放，大自然给予的饕餮盛宴，让春天变得格外美好。从立春开始，大头腥、面条鱼、开凌梭、蛎虾、琵琶虾、八带、墨鱼、牙片鱼、黄花鱼、蛤蜊、蛏子……各色海鲜隆重登场。青岛人天天沉浸式地生活在味蕾的海洋天堂里。

有些海鲜，比如蛤蜊、鲅鱼，并不是青岛这座城市独有的。但是青岛却以极大的热情和投入，赋予这些在民间有着丰厚群众基础的海鲜以独特而丰富的文化韵味。这些人文元素的加盟，使得蛤蜊节、鲅鱼节、海蜇节等节日成为青岛地域的标志性符号。青岛这座城市的吃海记，也因此有了更多可以回味的故事。🦐

青岛海鲜地图

胶州三里河遗址是大汶口文化起源的重要印记之一，考古人员曾在其中发现海鱼的骨骼和成堆的鱼鳞。要想捕获这些游速较快的海鱼无疑需要较进步的航海与捕捞技术。如此与古渔港有关的种种，将青岛的海洋文明史顽强地上溯到约5000年前。早在明代万历年间，即墨县官员许铤就写道："本县系本省之末邑……绝无商贾往来之踪……滨海洋者，田多盐碱，则以捕鱼为生。"

青岛，黄海之滨的青青之岛，海岸线曲折曼妙，风物美好。绵长的海岸线注定了青岛拥有波澜壮阔的水域和营养充沛的水体。被称为青岛母亲湾的胶州湾是北中国地理位置极佳、资源极为丰富的内陆海湾。很多城市的人会因为某种特别的海鲜而兴奋不已，青岛人却基本保持一副风轻云淡之态。因为这座城市海鲜的种类太多，海鲜的分布太广，海鲜的品质太妙。

风味从海上来。青岛人民在碧波荡漾的大海旁，耕海牧渔、生生不息，描绘了一幅丰美繁荣的海鲜地图。如此多姿而具体的海鲜印象，既描摹出青岛海鲜的磅礴体系，又令热爱海鲜的人们能够"按图索骥"，开启他们的"寻海之旅"，更可以直接展示青岛鲜活、美好的海洋生态。

城阳红岛：蛤蜊、海蛎子、海螺、白姑鱼、黑头鱼、古眼鱼、螃蟹、对虾、八带、泥蚂、海沙子、蚝艮、黄花鱼、逛鱼、刀鱼、红头鱼、墨鱼、鼓眼鱼、偏口鱼。

城阳上马：白鳝、蛤蜊、燕子鱼、黄鱼、鱿鱼、短蛸八带、逛鱼、红头鱼、黑头鱼、泥蚂、海沙子、蚝艮。

沙子口：蛎虾、鲅鱼、面条鱼、海参、刀鱼、八带、海螺、大头腥、红头鱼、鼓眼鱼、开凌梭、石花菜、对虾、银鱼、鲍鱼、墨鱼。

胶州营海：马蛸、琵琶虾、对虾、螃蟹、扇贝、海螺、鱿鱼、虾虎（蝼蛄虾）、蛏子、香螺、银鱼、鲈鱼、墨鱼。

王哥庄：会场螃蟹、黄山海蜇、黑头鱼、刺参、刀鱼、鲳鱼、鲈鱼、开凌梭、黄花鱼、鼓眼鱼、鲳鱼、牙片鱼、蛎虾、琵琶虾、古头鱼、面条鱼、红头鱼、白鳞鱼、老板鱼、大头腥。

即墨丁字湾：蛏子、螃蟹、蛎虾、黑头鱼、笔管鱼、偏口鱼、刀鱼、老板鱼。

即墨鳌山卫：海蛎子、刺参、刀鱼、鲳鱼、鲈鱼、开凌梭、黄花鱼、鲅鱼、鼓眼鱼。

即墨金口：紫彩血蛤、螃蟹、扇贝、海螺、鱿鱼、虾虎、蛏子、香螺、银鱼、八带、鲈鱼。

即墨丰城：竹节虾、蛤蜊、螃蟹、蛎虾、鲅鱼、黄花鱼、笔管鱼、海蛎子、舌头鱼、黄花鱼、虾虎、海螺。

即墨田横：马蹄蟹、鲈鱼、鲅鱼、沙蛤蜊、舌头鱼、黄花鱼、虾虎、蛎虾、八带、海螺、海参、虎蟹、大头腥、黄鱼。

西海岸灵山岛：石夹红螃蟹、海参、鲅鱼。

西海岸泊里：西施舌、扇贝、海参、琵琶虾、石花菜、鲈鱼、带鱼、黄花鱼、螃蟹。

西海岸薛家岛：黑头鱼、黄鱼、玉筋鱼、鲍鱼、鳗鱼、扇贝、海参、琵琶虾、螃蟹。

西海岸琅琊：玉筋鱼、鲍鱼、鳗鱼、扇贝、海参、琵琶虾、石花菜、海螺、梭子蟹、鲅鱼、黄花鱼、大对虾、加吉鱼、笔管鱼、大头腥、逛鱼、红头鱼、刀鱼、扒皮鱼。

市区前海（五四广场、一浴、二浴、三浴、栈桥等）：石花菜、蛤蜊、海螺、海带、螃蟹、海参、开凌梭、黑头鱼、黄鱼、逛鱼。

甜晒鱼的臭色可餐

　　每年晚秋时节，随着凛冽的秋风吹起，青岛的甜晒鱼也迎来了它们的狂欢时刻。何谓甜晒鱼？其实有点类似南方的鱼鲞。甜晒其实是青岛人对于海鲜的一种再加工方法，最早是渔民出海时快速保存鱼的一种方法。渔民就地取材，将打捞到的鱼去除内脏，一剖两半，用海水简单清洗后挂在船头上晾晒至微干，然后再用海水清洗，继续晒起。久而久之，这种特殊的"鱼干"不仅成为青岛渔家的风味小吃，而且还促成了一种新的产业。

　　每当天气凉爽下来，就到了甜晒鱼加工的旺季。肉厚、刺少的大鱼通常是制作甜晒鱼最好的食材。青岛人民在制作甜

165

◎ 甜晒鱼

晒鱼时，用得最多的鱼就是鲅鱼，也就是南方人口中的马鲛鱼。其他诸如鲈鱼、老板鱼、墨鱼、偏口鱼、鳗鱼也是常见的甜晒鱼品种。经过时间的洗礼，甜晒鱼虽略带微臭，但也产生了一种异香。此时，它恰到好处地展现了美食的精髓。无论是加葱姜和花椒蒸制，还是碳烤或是油煎，都能逼出一种难以言喻的鲜美。这鲜极了的味道，正是渔民口中的"鲜甜"，所谓甜晒便来自于此吧。

在没有冰箱的年代，青岛老辈人对海鲜的新鲜度有一种"臭鱼烂虾"式的比方。即使鱼有一点不太"曼妙"的味道，虾有一些"不得体"的品相，都无关紧要，只要加入适当的佐料，搭配巧妙的烹制手法，也能呈现出一种别样的美妙味道。这多少与徽菜名品"臭鳜鱼"有异曲同工之妙。

近来，常有店家将不太好烹制的新鲜大海鱼洗过后加一点盐、料酒、花椒腌制或者阴干，以"一卤鲜"的工艺处理。几天后，这种鱼会散发出一种不太讨人喜欢的臭味。这倒是吸引了一批"臭味相投"者。当然，也让诸多对海货气味敏感的食家花容失色、落荒而逃。这就像是榴梿，人们对它的喜爱与厌恶形成了两个势不两立的阵营。

其实青岛还有一种特产与甜晒鱼有得一拼，即大缸臭香白鳞鱼。当地老辈人管这种鱼叫"相鱼"，制作方法是用大缸和老汤将鱼肉腌制至发红发臭。当地人将其作为待客的大菜，一般是越臭越好吃。在青岛靠海的渔村，这种大缸白鳞鱼是过年时候必须上桌的贵菜之一，配上当地的大锅新麦子馒头，真是越吃越香。

刺身的普及

众所周知，刺身是新鲜、丰腴、味美的"代言人"。在青岛，此种美味已经越来越多以本土渔产品为主要原料。这样的趋势彰显的是青岛渔业的蓬勃发展，渔产品的丰饶、高产、品质新鲜。青岛渔业市场的繁荣和城市持续高涨的"刺身热"，为其提供了有力的佐证。

提到刺身，多数人会想到如同艺术品一般的日本生鱼片，以为这是像西餐一样的舶来品。其实，这种料理是地道的"出口转内销"。

我们常常以成语"脍炙人口"来比喻美好的诗文和事物受到人们的称赞和传颂，其实这原本是赞赏美味的词。"脍"

指的是切细切薄的生肉，如果是鱼肉，那就是"鲙"炙人口。我国典籍中对生鱼片的记载可上溯到周宣王五年（前823）。《诗经·小雅·六月》记载："饮御诸友，炰鳖脍鲤。""脍鲤"指的就是生鲤鱼片，所以鱼生在周代就已经盛行。

到了唐宋时期，食脍之风更是达到鼎盛。那时许多文人墨客纷纷用诗句来描写生鱼片的鲜美，如王维的"侍女金盘脍鲤鱼"，王昌龄的"青鱼雪落鲙橙齑"。李白还把吃"鱼鲙"比喻为神仙般的生活："吹箫舞彩凤，酌醴鲙神鱼。千金买一醉，取乐不求馀。"

那时的鲙是将鲤鱼或鲈鱼最嫩的肉挑出来，切成片，蘸清酱、韭花、椒盐、陈醋来吃，又鲜又嫩、酸辣爽口。

唐朝对日本的影响是全方位且深远的。也就在那时，鱼脍传到了日本。日本是岛国，盛产海鲜，于是鱼脍逐渐演变为现在的刺身。据说在日本，北海道渔民在供应生鱼片时，经常会取一些鱼皮，用竹签刺在鱼片上，以方便大家分辨鱼的种类。"刺身"的名字由此而来，后来虽然不用这种方法了，但"刺身"这个叫法被保留下来。

青岛较为流行的用于制作刺身的海鲜，通常分为两类，一类是常见的三文鱼、金枪鱼、赤贝、真鲷、北极甜虾等；另一类则以新鲜上岸的各类活海鲜为主，比如红加吉、黑加吉、鲅鱼、鲈鱼、牙片鱼、扇贝、生蚝、八带等。红加吉是青岛本地人对真鲷的叫法，以前在大席上人们多以家常烧或者油泼的方法烹饪。自从刺身的吃法开始风靡，红加吉可谓

更加讨喜。一方面，其色彩鲜艳喜庆，在婚宴、寿宴等场合十分受欢迎；另一方面，随着刺身文化的普及，其身价也水涨船高。🔖

好吃的小杂鱼

　　"陆武桥下楼下到拐弯处就闻到了由底下冲上来的浓烈的鱼腥味，他知道这又是李老师尤汉荣两口子在挤小鱼。菜市场时不时有缺钱花的乡下老汉卖一堆河沟里撮起来的小鱼，这种鱼小得没办法动刀剪，只好一条条用手工挤出肚肠。一般人买几毛钱的小鱼是作猫食用的，李老师家却是人吃……陆武桥一边下楼一边打招呼：李老师，挤小鱼啊……李老师根本不给时间让路武桥回答，紧接着说：是的我们的确在挤小鱼，准备用油炸酥了吃。你可能只看到了这种小鱼很便宜，便把便宜与贫穷联系在一起了，你却没想到小鱼大鱼本质上都一样，都含有丰富的蛋白质，而且有人偏爱吃油炸小酥鱼……"

这个桥段出自作家池莉的《你以为你是谁》。池莉写的是武汉的风土人情，但是关于小杂鱼的这一段，无论是对淡水里的小杂鱼，还是海里的小杂鱼都适用。因为无论是在海边还是在内陆，小杂鱼通常都是菜市场里最便宜的一类鱼。有时候是论斤称，有时候是论堆卖。一说起小杂鱼，人们就想到这是最便宜的一种鱼。然而，鲜为人知的是，小杂鱼还隐藏着诸多妙处，这使其拥有一大批忠实的爱好者。没错，就像上面李老师说的，有人就爱吃小杂鱼，煎的、炸的、烤的、红烧的、熏制的、油泼的、清蒸的，简直能吃出个满汉全席。

20世纪90年代初开始，青岛海边渔村出现了一批因陋就简的渔家宴小饭店。饭店的环境简陋，厨师是渔民，没有菜谱，食材则是就地从附近的渔船上收购的，有啥吃啥。当时这些渔船的规模都不大，打到的鱼也不是那么齐整，各种鱼都有，不过没有大鱼。通常是一堆小杂鱼在那里放着，点菜的时候店家会推荐吃渔家小杂鱼，然后点菜大哥随便抓一把，便可做成一盘小杂鱼。有时候，一盘烧小杂鱼里有黄鱼、黄花鱼、偏口鱼、摆甲鱼、小黑头，每条鱼的长短不超过成年人的手掌长度，但都非常新鲜，各种鱼的鲜味混合在一起，产生了一种特殊的香味。

其实这些渔民的做法非常简单，用海水将鱼清理干净，葱姜蒜起锅，加少许酱油和开水，将处理好的鱼一条条摆到锅里，大约炖二十分钟，汤汁也收得差不多，就可以起锅了。这道菜一定要留着至少三分之一的鱼汤，用来泡青岛特产的杠子头硬面火烧。大家就像吃陕西的羊肉泡馍那样，一边吃鱼一边将火烧掰成小块，泡入汤汁。有人不怎么爱吃鱼，但就爱吃浸满鱼汤的火烧，据说这叫"一口鲜"。

后来，海边的渔家宴饭店越来越正规，但这道小杂鱼依旧是食客们十分喜爱的一道菜。现在一般是将不同的小杂鱼分门别类放在点菜区，顾客喜欢吃什么鱼就拿什么鱼，然后厨师会根据客人的喜好做杂鱼锅。厨师们早已不是海边的渔民，所以做法也多了些大饭店才有的馆子味，有人喜欢，也有人怀念从前的那种原生态小杂鱼的味道。🔖

。鲜 趣。

青岛人把海鲜包进饺子里

　　在北方，饺子是一种很温暖的食物。青岛人对饺子的重视程度很高，几乎可以说是一种深入骨髓的热爱。无论是逢年过节，还是家里来了贵客，吃饺子都是头等要事。用现在时髦的话讲，手工制作的饺子，尤其是大费周章的海鲜饺子就是"最体贴的氛围组"。饺子上桌，无需过多的言辞，精心准备的美味便足以传递主人对客人的深情厚义。

　　以前在青岛，最受欢迎的大约是三鲜馅的饺子。三鲜又以韭菜、五花肉、金钩海米的组合为最经典。现在这种老式的三鲜馅已经被各种海鲜加入的新三鲜馅取代。韭菜、五花肉打底，海米则可以替换为蛤蜊、海虾这两样常见的海鲜。

◎ 海鲜饺子

　　蛎虾和鲅鱼是入馅最多的两种家常海鲜。鲅鱼馅饺子虽然不是青岛独有，但青岛人调馅确有自己的"一招鲜"。青岛盛产蛤蜊，用蛤蜊汤稀释鲅鱼馅，是最原生态的去腥提鲜秘方。此法可以用于一切入馅的鱼类，可谓屡试不爽。蛎虾是青岛海域特产的一种鲜美的小海鲜，大小适中、鲜美至极，是韭菜鸡蛋、黄瓜鸡蛋等素馅的灵魂伴侣。

　　墨鱼饺子也是青岛十分具有代表性的一种海鲜饺子，馅料自然以墨鱼为主料，但这种饺子的皮是由墨鱼特有的墨汁与面粉混合而成的，所以呈现出独特的黑色。在青岛的饭店，主

175

打的面食中一般有一道海鲜全家福饺子，其中白色的是虾饺子、黑色的是墨鱼饺子、绿色的是鲅鱼饺子、黄色的是黄花鱼饺子、红色的是海肠饺子，不一而足。

如今生活的便捷令吃饺子变成像吃快餐一样便利。肉馅、饺子皮都可以买现成的，吃顿饺子比吃个爆锅面麻烦不了多少。既然节省了时间，那么在饺子的馅料上就有文章可做了。在青岛，不会做饭的主妇不在少数，但包饺子却是她们的必备看家技能。青岛有多少人家，就有多少拌饺子馅的家传秘籍。于青岛主妇而言，她们在炫耀自己的厨艺时，早已不再局限于花里胡哨的西式糕点，而是更加注重展现那些精心制作的饺子。首先，饺子皮一定是自己和面自己擀，肥瘦得当的五花肉要切碎，肉馅既要细腻还要保留肉丁的"Q弹"。以上只是制作手工饺子的基本要求，要想真正脱颖而出，就要看你怎么巧妙地用各种海鲜做馅料，把整个"大海"包进饺子里。

海鲜馅赋予了青岛饺子鲜明的地域特质，从虾仁、鲅鱼、蛤蜊、黄花鱼、墨鱼、虾虎、海肠、鱿鱼、八带到小众的海胆、海参、鲍鱼、扇贝、蛏子、海螺、加吉鱼、甜晒鱼……鲜活的海鲜，在青岛人的手中，被巧妙地转化为一种大胆前卫的美食艺术。青岛有一家海鲜饭店，据说一份螃蟹饺子的价格接近500元，还是限量供应的。

海鲜打卤面在味蕾跳舞

  青岛虽然地处北地，但在面食方面并不是那么强势和讨巧。这个四季分明的城市，物产丰饶，在吃面的问题上，人们主要把心思放在如何做好浇头和卤子上。青岛以海鲜闻名，人们自然要在海味上动脑筋，只要卤子够鲜美，配什么样的面条都好吃。

  值得深思的是，在海鲜打卤面这一美食的制作上，最有发言权的是青岛民间的烹饪大师们。最美味的海鲜打卤面往往出现在普通人家的餐桌上，很少有哪家酒店的海鲜打卤面做得可圈可点。想来，做海鲜打卤面的工序稍显烦琐，对于嘴比较刁钻的青岛人而言，做浇头的海鲜须得新鲜和干净，而酒店无论大小，都要讲究人工成本，做海鲜打卤面要走心要费时，这种需要"匠人精神"的面，因此一直只在寻常人家中流转和传承。

青岛普通人家几乎家家会做蛤蜊芸豆面，这是夏天最多见于青岛人饭桌的面食。蛤蜊和芸豆都是当季食材，因此物美价廉又口味纯正。蛤蜊以红岛的薄皮花蛤蜊为上乘，芸豆最好也是本地的老来少品种。蛤蜊必须是鲜活的，将吐过沙后的蛤蜊加水煮熟，将干净的汤倒在盆中沉淀，蛤蜊肉剥出洗净备用。热油起锅，加葱姜丝爆香，先将芸豆丁炒至八成熟，再将纯净的蛤蜊汤倒入其中，待开锅后加入蛤蜊肉，最后淋上散散的鸡蛋花，一道清新且营养的海鲜卤汁便完成了。

特别值得一提的是，这种浇头只需根据个人口味加盐，其他诸如鸡精、味精、蚝油、生抽等鲜味调料的加入，都是对芸豆蛤蜊面的挑衅和侮辱。很多人感觉酒店的蛤蜊芸豆面和蛤蜊疙瘩汤鲜味很淡，跟家常味道相去甚远，原因就是酒店的用料不足，尤其是清水煮过的原汁蛤蜊汤放得较少，新鲜程度也打了折扣。因此，很多酒店的蛤蜊芸豆面难有蛤蜊特有的鲜味，浇头里的蛤蜊与香葱、香菜的用处一样，装饰多过调味，口感像胶皮一样的蛤蜊肉也是一股工业预制菜的流水线味道。

芸豆蛤蜊面有多受欢迎呢？据说，在外地出差或者求学的青岛人，回到家中的第一顿饭就是蛤蜊芸豆面。带着家的味道的蛤蜊芸豆面为游子接风洗尘，疲惫的人立刻如同回到水中的鱼儿，仿佛回到少年时光。还有一位很早就在外求学并工作的老先生，每年夏天一定要回青岛，回来后每天的午餐必是蛤蜊芸豆面，且百吃不厌。对于少小离家的他而言，这或许就是最真切的妈妈味道。对于蛤蜊芸豆面的执念，就像是每个青岛人都携带的饮食基因，顽固地"鲜"在青岛人的身体里，刻骨铭心。

除了具有家常气质的蛤蜊芸豆面，鲜虾打卤面和虾虎打卤面是另外两种极具青岛地域特色的海鲜面食。这两种面是早年从胶州的大户人家传到青岛市区的，其制作过程之复杂超过蛤蜊芸豆面，不仅在青岛的各种酒店中较为罕见，就连在爱吃海鲜面的青岛老百姓家中也不多见。

春季是吃这两种面的最佳时节，面卤鲜美的关键在于蛎虾、虾虎以及韭菜的品质。先将蛎虾和虾虎去壳取生肉，皮捻碎，煮过做高汤备用，虾肉用葱姜炒过与木耳、瘦肉丝、鸡蛋、韭菜做成卤子。与蛤蜊简单烹饪即可释放出浓郁的鲜味有所不同，蛎虾和虾虎一定要用葱姜爆炒，这样它们的鲜味才能被激发出来，当然葱姜还有一个重要作用就是去腥。卤子做好后，甚至能够给人带来一种丰盈的视觉美感。虾汤是红的，木耳是黑的，鸡蛋是黄的，韭菜是绿的，浇在面条上色彩斑斓，十分好看，让人不忍下箸，味道更是让人回味无穷。

早年间，尤其是在寒冷的季节，时令的海鲜少之又少，青岛人做海鲜卤全靠墨鱼干来提鲜。将提前泡发好的墨鱼干加入炒香的五花肉丁、木耳、黄花菜当中，放少许酱油、生抽，加水煮开，开锅后勾芡，然后淋鸡蛋花，加入少许韭菜碎，一道冬季最生动的海鲜卤便做好了。这种海鲜卤的做法其实与胶东一带盛行的蓬莱小面卤的做法有异曲同工之妙，墨鱼干可以用扇贝、海蛎子、蛏子、海螺和红头鱼、黄花鱼等不同的海鲜代替。有时，一碗蕴含着大海味道的海鲜打卤面就能为我们平凡的生活带来最熨帖、祥和的小确幸。🔴

跟着节气吃海鲜

　　古代中国人就讲究"不时不食"。这一"食不厌精"的说法出自《论语·乡党第十》，即一年四季应当根据时令安排合理的膳食。孔子非常懂得饮食和养生的道理，食在当季，既有利于身体健康，也有利于环境保护。

　　中国古代根据气候特点对一年进行了细致的节令划分，跟着节气吃海鲜，便是青岛本土最地道的"不时不食"。时令食物不仅味道最为鲜美，同时也富含营养。海鲜美味的真谛就在于一个鲜字，因此吃海鲜更讲究时令，如果脱离了时令，再好的食材也会变得逊色。

　　"善万物之得时。"不同海鲜的盛产时段不同，适宜食用的节气也就不同。在青岛，惊蛰前后是吃开凌梭的最佳时节，这时候的开凌梭肉质厚实，腹内少杂物，味道纯粹鲜美。其实，开凌梭叫"半月鲜"更加精准，因为它的鲜味差不多只有从立春到惊蛰之间十几天的"保鲜期"。过了这段时间，不挑食的开凌梭胃口大开，各种鱼虾甚或腐肉、泥沙都不放过，品质和鲜味每况愈下。清明以后，好味道已荡然无存。尤其在夏天，梭鱼肉质松软，且有浓重的土腥味，在青岛盛产海鲜的崂山、城阳等地，梭鱼基本上被打入"冷宫"，因此青岛有"六月梭臭满锅"的俗语。再想品尝开凌梭的美味，只好待来年早春。

青岛还有一句俗语叫"谷雨到，丈人笑"，这六个字没有一个字跟海鲜有关，实际上却是关于鲅鱼的俗语。因为在青岛有一个风俗，就是每年春季谷雨过后，头茬鲅鱼新鲜上岸的时候，女婿一定要给老丈人送上一条大鲅鱼，以示孝心。此时正值春汛，鲅鱼不仅肥嫩味美，而且非常高产。

小满前后，青岛的蛤蜊迎来了它们一年中最饱满、最鲜美的时刻。这时候青岛本地的特产"红岛蛤蜊"也迎来了丰收。青岛城阳还专门举办了红岛蛤蜊节这一有趣的节日，让人们不仅可以尽情品尝鲜美的蛤蜊，还能亲身感受赶海挖蛤蜊的乐趣。

崂山王哥庄黄山社区是有名的"海蜇第一村"。处暑时节是海蜇丰收的旺季，喜欢海蜇美食的食客们可以前往产地，尽情享受一场丰盛的海蜇宴。渔民们也是在这个时候对海蜇进行深度加工，如今已形成一条完整的海蜇产业链。

没有螃蟹的秋天是不完整的。梭子蟹和石夹红是秋季海鲜中的顶流，秋分时节是它们最肥美的时候。🦀

——·鲜趣·——

◎ 无名

海鲜火锅美到极致

对于不太擅长烹饪的人来说，火锅简直是一大福音。青岛海鲜火锅的制作过程听起来似乎十分复杂，实则比煮个冻饺子麻烦不了多少。只需将海鲜食材清洗干净，加入一锅开水，再搭配上自己喜欢的蘸料，便可轻松享受一场美味的海鲜盛宴。

20 世纪 90 年代，火锅开始在青岛流行。对于海边人来说，虽然纯羊肉火锅极其正宗，但是没有海鲜的大餐，显然是不完整的。于是，一些火锅店家开始入乡随俗，将青岛人喜爱的蛤蜊、笔管鱼、对虾、扇贝、海蛎子、琵琶虾、海螺等海鲜列入菜谱。

◎ 海鲜火锅

于是，青岛人吃火锅的流程也像青岛话一样，变得"蛤蜊味"十足，有了鲜明的本土特色。青岛人吃火锅时往往先涮海鲜，有了鲜味打底，其他的肉类、蔬菜、菌类、豆制品可以根据客人喜好自由下锅。无论涮什么，海鲜都可以与其他食材产生奇妙的鲜美反应。而最后的涮面环节，对于很多人来说，则是一种极致的美食享受。有时候，迟到的客人会格外"叮嘱"，不必等他，他来就是为了品尝那最后一碗浓香四溢的火锅面。或许，只有海鲜火锅才有这样的妙处。当然，在注重健康的当下，这种海鲜羊肉火锅所拥有的高嘌呤指数，也令不少老饕望而却步。这是后话。

再后来，纯粹的海鲜火锅逐渐流行，这也得益于海钓和刺身文化的流行。总有一些人对于刺身这种生猛的食材不太适应，于是便将刚上岸不久的海钓鱼趁新鲜切成薄片，作为海鲜涮锅食材。这种海鲜火锅与南方盛行的打边炉在追求食材的顶级新鲜这一点上有着异曲同工之妙。常见的海鲜火锅食材以黑头鱼、红加吉、黑加吉等肉厚、体长的大鱼为主，这类鱼出肉率较高。这种海鲜火锅通常还会加入处理干净的河豚以及虾、活螃蟹和活八带等食材。涮锅的中途，服务员会给客人盛上一碗已经煮得恰到好处的鱼汤。只需一口便可领略到其至鲜至美的滋味。

近些年来，随着外地菜系的强势入驻，青岛人的美食体验愈发丰富，本土的大众海鲜火锅或者说是海鲜大蒸锅，也在耐人寻味的改良中，融入了更多的混搭元素。传统的蒸煮小海鲜与大锅炖肉融合，老式的大铁锅里热烈地炖着大棒骨，锅边贴上了山东传统的玉米面饼子或者白面锅贴。大锅的中间放上了箅子，上面是七七八八的螃蟹、扇贝、海蛎子、海虹、海螺、蛏子、蛤蜊。这种懒汉做法，妙就妙在各种鲜味的交融。在热气的蒸腾下，箅子上的小海鲜一点点滴下的汁液，使肉汤的鲜美程度更上一层楼。到了冬天，锅底则多为羊肉汤，海鲜与羊肉"相亲相爱"，怎一个"鲜"字了得。此时，老饕们"吃心大悦"，眼前的一锅鲜就是整个世界，可以装得下春风万里。

海钓和赶海是海趣十足的"盲盒"游戏

　　有一个圈是可以与朋友圈相提并论的，那就是"渔乐圈"。"渔乐圈"的圈友们都是海钓和赶海的资深发烧友，他们自我调侃式地称海钓为"嗨钓"，称赶海为"海鲜自由"。

　　青岛是我国北方重要的沿海城市，拥有得天独厚的海洋资源。这些独特的海洋资源为当地居民带来了丰富的娱乐活动，海钓和赶海便是两种深受民众喜爱的群众活动。尤其在禁渔期内，能够通过海钓吃到深海鱼，无疑是一种难得的享受。

　　海钓的成本不低，但往往收获的成果并不与投入成正比，甚至可能远低于预期。而且海钓需要投入大量的时间。很多青岛人海钓并非出于经济利益的考量，而是源于对这项活动的热爱。

海钓时间成本高，需要起早摸黑，而且钓鱼的过程也类似于"摸盲盒"，你几乎不可能知道哪条鱼儿会上钩。这种"下一竿的未知"，也正是海钓的最大魅力所在。在青岛近海，海钓的主要对象有鲈鱼、黄鱼、鳕鱼、带鱼、鳗鱼、大头腥、鲅鱼、刀鱼、红加吉、黄姑鱼等。由于海中的鱼类是咸水鱼类，它们通常比淡水鱼类更为凶猛且贪吃，这种特性使得海钓的收获量相对更为可观。

几乎每个青岛人都有关于赶海的美好回忆，在青岛的海滩上捡拾海鲜，仿佛能体会到一种"天上掉馅饼"的快意与乐趣。青岛三面环海，遍布沙滩，海滩潮间带中的积水处名为"潮池"，里面有鱼也有虾，这便是赶海的重要场地。潮间带指大潮期的最高潮位和大潮期的最低潮位间的海岸，通俗地说，就是涨潮和退潮之间海水所能漫过的区域。

在青岛，红岛是挖蛤蜊的好地方。红岛沙质细软，拥有上千亩滩涂，滩涂里的微生物丰富，特别适合贝类生长。每年春季，这里都会举办蛤蜊节，最经典的项目莫过于在沙滩上挖蛤蜊。平时，每逢初一、十五，很多市民会带上小桶、小铲子去红岛赶海，几乎每次都可以满载而归。

八大峡区域周遭是市区赶海的好场地。这里有沙滩、礁石和堤坝，是钓鱼、钓螃蟹、撬海蛎子的好去处。靠近八大峡的第六海水浴场，风景优美，沙滩上遍布礁石。在退潮之后，隐藏在礁石上和小水坑里的各种小海鲜，令赶海者满心欢喜，收获满满。除了这两处地方，第一海水浴场、第三海水浴场、鲁迅公园、小麦岛等附近的沙滩也都是赶海的好去处。蛤蜊、螃蟹、海蛎子、海菜、石花菜、海虹、海螺、蛏子、虾虎等，是赶海的"主流"收获对象。栈桥附近曾出现过梭子蟹的赶海大潮，半斤一只的梭子蟹令赶海者瞬间感受到了"泼天的富贵"。🔳

鲜趣。

如何实现大黄鱼自由

青岛人没有想到，吃了半辈子的大黄花鱼，不知从何时起"摇身一变"成为"国鱼"。尤其南方人民，对野生大黄鱼可谓是爱得深沉且近乎痴迷。这一点可以从一则新闻中得到佐证：2022年初，浙江象山的渔民一次性竟然捕捞了4000多斤野生大黄鱼，卖出了957万人民币的高价。

民国时期，上海人把十两（旧秤）和一两（旧秤）的金条分别称为"大黄鱼"和"小黄鱼"。这些金条之所以有这样的俗称，不仅是因为外形与黄鱼神似，更因其通体金黄，具有一种高级的东方美学气质，在民间有着富贵尊荣的寓意。不过，这种吉祥的口彩和令人心动的颜值，只是大黄鱼成为百姓心头好的众多因素之一。

大黄鱼鲜嫩少刺，肉质自带甜味，鱼肉呈蒜瓣状，且极少带有腥气，这些都使得它的口感非常容易被大众接受。即使是平时不怎么爱吃鱼和海鲜的人，也同样对这种鱼有着天然的亲近感。红烧、清蒸、煮汤、做鱼丸……每一种吃法都令人欲罢不能。说白了，大黄鱼几乎是一种南北皆宜、沿海人和内地人都爱吃的鱼。《清稗类钞》中就曾提到过："黄花鱼，一名黄鱼，每岁三月初，自天津运至京师，崇文门税局必先进御，然后市中始得售卖。都人呼为黄花鱼，即石首鱼也。"

将大黄鱼称之为黄花鱼，似乎在北方非常普遍。这种鱼，因其头部有两粒洁白的耳石，而在古代被称为"石首鱼"。《雨航杂录》中讲，黄鱼的"石头"可以检验食品中是否有毒，将"石头"与食物接触，食物若有毒，石头就会裂开。这种说法当然未经考证。但黄鱼的鱼鳔却是真的好吃，尤其是晒干的鱼鳔，与猪骨和鸡一同熬制，非常美味。

大黄鱼，又称黄花鱼、黄瓜鱼、黄鱼、石首鱼，肉鲜味美，刺少肉多，是国人餐桌上常见的食用鱼。除了朝鲜有少量渔产外，全世界99%的黄鱼产量都在中国，因此大黄鱼堪称最具中国特色的海鱼之一。但从20世纪70年代开始，野生大黄鱼的产量逐年走低，价格一路走高。至近几年，我们吃的大黄鱼几乎都是养殖的。

实现大黄鱼自由，破解大黄鱼养殖的口味问题，在民间不啻一场新时代的海洋水产养殖革命。2022年9月1日，青岛开海当日，产自全球首艘10万吨级智慧渔业大型养殖工船

"国信 1 号"的首批大黄鱼起鱼上市。首批起捕的大黄鱼在离岸 100 海里的深远海经过了长期的游弋式牧养，"国信 1 号"可依据水温等环境因素自航转场，因此这批大黄鱼条形美观、金腹玉鳍，媲美野生大黄鱼品质，富含蛋白质、钙、氨基酸、OMEGA-3 等营养物质。工船养殖的大黄鱼肉质紧实，煮熟之后肉质也依然能保持弹性，与其他养殖模式养殖的大黄鱼相比，口感上具有绝对的优势。这是一次非常有魄力的"大黄鱼革命"，更是一次非常有意义的海鲜"赓续"。🔴

海鲜零食有多妙

多数青岛人对海鲜是难以抗拒的，除了在餐桌上享用海鲜美食外，对日常生活中的海鲜零食同样欲罢不能。

20 世纪 80 年代，青岛出现了由扒皮鱼、鳕鱼做成的烤鱼片和大鱿鱼做成的烤鱿鱼条。这两种被烤制成焦黄色的海鲜零食，鲜美、有嚼劲，瞬间征服了无数人的味蕾。很多年后，人们的物质生活水平提高了，大商超里偶尔还能见到现场烤制的海鲜零食，海鲜特有的焦香味道特别"出挑"，成功勾起了不少人的食欲与回忆。后来很多人在品尝了米其林美食后才发现，原来这种海鲜的焦香正是米其林餐饮大师所追求的极致美味之一。

鱼片和鱿鱼条自然不是青岛最早的海鲜零食，如果算起来，各种鱼干和海米算是第一代海鲜零食。尤其是青岛特产的金钩海米，几乎是家家户户必备的一种海鲜干货食品。其实金钩海米就是晒干的蛎虾。这几年，喝茶已成为人们开展休闲活动的热门选择，青岛特有的茶点就是金钩海米和大虾干，这种茶水"就"虾的配搭，已成为一些海边渔村的特色。

鲅鱼是青岛最常见的经济鱼种之一。除了日常入菜，鲅鱼的子、头、尾、皮、骨头等看似"鸡肋"的部位，在巧妙加工之后竟也可成为美味的零食。20世纪90年代中期以后，青岛沿海渔村遍布简陋的小型渔家饭店。几乎所有的食材都是从渔船直接拉到后厨，厨师也不过是一个做饭相对讲究的渔民，饭店的优势就在于食材的新鲜。有意思的是，这些渔家饭店虽然"粗犷而狂野"，但无一例外都用一道甜晒鲅鱼子作为饭店档次的认证标准。这道凉菜以春鲅鱼子为主料，将经过生抽腌制或者酱油甜晒后的鲅鱼子切成透明薄片，再以油煎的方式烹饪而成。因为金贵，每片春鲅鱼子都切得极薄，食客对着太阳照一下，会有一束绛红色的光穿过薄片打到脸上。除了鲅鱼子，甜晒鲅鱼、鲅鱼干和以鲅鱼刺烤制而成的鱼排，皆是青岛人喜爱的美食。

近年来，"网红食品"成为一个热门词汇，海鲜零食以其独特的魅力成为备受追捧的当红美食。诸如小袋包装的墨鱼仔、蛤蜊干、手撕鱿鱼、香酥带鱼、香烤小黄花、香炸鱼皮等均十分美味。尤其是鱼酥类零食，表面金黄，骨头和鱼肉都酥脆掉渣，咬一口咔嚓脆，层层酥香，丝丝入味，入口即化，滋味鲜香却不腻，连肉带骨畅快咀嚼，不会有一点儿腥味，更不用担心会被鱼刺扎到，对害怕鱼刺的小朋友来说非常"友好"。

从年年有鱼说开来

　　过年时，中国人的餐桌上一定不能缺少的一道菜便是鱼。因为在中国人的传统中，"年年有鱼"是除夕夜最具代表性的吉利话之一。因此，无论南北，无论在沿海还是内地，无论是海鱼还是淡水鱼，总有一条鱼满载着祝福与喜悦在春节的餐桌上游动。

　　作为一个沿海城市，青岛海产丰饶，人们轻松就可做到年年有鱼。对于很多青岛人家而言，顶级的年夜饭离不开一条有头有尾、长约两拃、摆在餐桌正中央的红加吉鱼。好看好吃是肯定的，重点是"加吉"二字蕴含着中式语境里美好吉祥的寓意。此外，白鳞鱼、大黄花鱼、黑头鱼等带鳞片的、个头较大的鱼类也较为受欢迎，看着就给人一种喜庆和热闹的感觉。

实行供给制的年代里，过年时供应的海鲜多以大宗的冻鲅鱼为主。这些鲅鱼在冷库里静静地度过了漫长的岁月，被制作成熏鱼并被端上春节的餐桌，无疑是它们最体面的归宿。走亲访友时，每家待客的佳肴里，熏鱼都是那道雷打不动的凉菜。

作为一道当家凉菜，熏鲅鱼几乎成为民间厨艺争霸赛中各位大厨的撒手锏。尽管这道菜表面看起来黑不溜秋，实际上在制作过程中，厨师们不动声色地下了不少猛料和狠招。这么说吧，青岛有多少人家，就有多少个熏鱼的秘制配方。更有人家，把这个配方当成传家宝一样代代传承。闺女出嫁时，亲手交上一张手写的熏鱼配方，也是泪点之一啊。

以前，很多人家都选择在晚上制作熏鱼。一方面是因为时间比较充裕；另一方面是这时馋猫们都已呼呼睡去，否则勾起他们的馋虫，可是相当影响家庭团结的。可以想象，夜黑风高之时，这家的老爸悄无声息地打开抽屉，从小盒里取出秘方。他摸进厨房，根据秘方上的要求，一一准备所需的食材和调料，然后甩开膀子操练起来，享受着属于自己的最盛大的厨房派对。🔴

鱼我所欲也，鱼市亦我所欲也

古龙在《多情剑客无情剑》里写过一段关于菜市场的内容。走投无路的铁传甲无意中走到了菜市场，抱着孩子的妇人，带着拐杖的老妪，满身油腻的厨子，各式各样的人提着菜篮在他身旁挤来挤去，和卖菜的村妇、卖肉的屠夫为了一文钱争得面红耳赤，鲜明而生动，他的心情突然明朗开来。难怪古龙曾说过，再心如死灰的人，一进菜市，定然厄念全消，重新萌发对生活的热爱。喧嚣的菜市场是汇聚人间烟火的地方。"人间烟火气，最抚凡人心。"如今，网购虽然十分便利，但实地挑选、面对面沟通的妙处与快意却是网购所不能比的。

于青岛这座盛产海鲜的城市而言，海鲜码头和菜市场里的鱼市可算是城市深处的灵魂所在，更是了解市井百态的窗口。甚至，有的家长还会带着小朋友，去海鲜码头见识活蹦乱跳、形态各异的海洋生物，与摊主亲切互动，学习生活中的小窍门。这种体验远比书本上和水族馆里的科普更为直观。同时，这里也汇聚了丰富的民间生活智慧，令每一位来访者都能有所收获。

青岛海岸线绵长，遍布渔港，渔港岸边就是海鲜市场，不同产地的海鲜各有特色，吸引很多食客前来购买。比如若是来到西海岸的积米崖渔港，当地特产的灵山岛野生螃蟹绝对不能错过。顾家岛渔村是青岛最古老的渔村之一，这里所售渔获多由村里渔民出海捕捞而来。崂山的沙子口渔港是青岛有名的渔港之一，各种渔获琳琅满目，数量众多。临近仰口风景区的港东码头风景优美，凭海临风的美妙大于采购的实惠。位于老城区的小港码头是老牌的渔获集散地，海产品的价格不便宜，好处是离居民区较近。位于台东闹市的南山市场虽然不靠渔港，却是自成一体的海鲜专业市场，市内诸多酒店在此批发。

其他诸如泊里大集、团岛市场、埠西市场、大连路市场、榉林山早市、海泊河早市等，虽然都是综合类市场，但其中的鱼市比其他区域更加拥挤、嘈杂，也更加生机盎然、肆意张扬。正如《闲情偶寄》里说："食鱼者首重在鲜，次则及肥，肥而且鲜，鱼之能事毕矣。"与风格相对粗犷的渔港码头相比，市场里的鱼市自有一番活泼的烟火气。除了本地的特产海鲜，龙虾、面包蟹等高端海鲜和一些叫不出名字的海鲜亦有固定的回头客。在鱼市，许多店家可以为顾客提供海鲜的精细加工服务。诸如将鱼打成鱼泥，现磨虾酱，代客生剥虾仁、海蛎子、扇贝、蛤蜊，帮客人阴干一卤鲜的鲅鱼和鲈鱼等。蔡澜先生来青岛，就特地去了一趟团岛市场，"小贩是一本本生动专业的烹饪书"，他的这句话，适用于任何鱼市。

　　有意思的是，几乎所有市场的周遭都会聚拢着一批可代客加工海鲜的小饭馆，规模都不大，小到几乎无处驻足。客人一般从市场自行采购喜欢的海鲜请店家帮忙加工，再搭配上店里的鲜啤和特色小凉菜，可谓一绝。团岛市场干脆就在鱼市旁边开辟了一处干干净净的加工食肆。营口路美食一条街也是青岛有名的海鲜代加工饭馆的聚集地。还有其他市场附近的小饭店，都与鱼市相伴而生，和谐共存。🔳

◎ 无名

一鱼可以几吃

"我通常先吃一份干鱼肠、两份鱼皮汤佐白饭,吃完了再吃一碗鱼粥,如果时间不赶,则再加点一碗鱼头汤。"焦桐在《台湾小吃全书》中真实地描写出一条鱼被制作成多种美味的妙不可言。

当下,各大酒店为了吸引食客,经常推出别出心裁的创意菜。其中一种就是将一条大鱼分解后做成不同的鱼料理。比如一条十几斤重的牙片鱼,鱼头通常用来炖汤,鱼尾则被做成红烧划水,鱼骨头做成油炸鱼排,鱼肉的一部分被片成鱼片做水煮鱼片,一部分被制成鱼丸做酸辣鱼汤,多余的鱼肉会被剁成肉馅包牙片鱼饺子。甚至,砂锅鲽鱼头这道以前少见的海鲜菜，在这几年成为青岛很多饭店的主打菜，备受食客追捧。

一鱼几吃，是对一条鱼最大的尊重，不仅可以满足不同人的口味，而且能够最大程度地利用好鱼身上的每一处美味。大鱼的鱼肉通常丰腴而厚实，如果按照惯常的红烧、油泼、清炖等做法烹饪，再鲜美的鱼肉也会变得平凡。如果将一条鱼进行有效分割，可以将其做成砂锅干烧鱼头、红烧划水、红烧肚裆、红烧鱼块、椒盐鱼排等。此前，这种对食材的精细处理与烹饪手法主要源自南方的烹饪传统，现在已经在青岛落地生根，并经过本地厨师的融合与创新，成功转化为青岛特色。

青岛多渔家饭店，除了寻常所见的一些菜肴，许多饭店将从前被视作下脚料的鱼杂，进行红烧、滑炒。通常的鱼杂中含有鱼肚、鱼子、鱼肝、鱼鳔等，把这些原料放在一起混炒，特别好吃。这种炒鱼杂较之正常的菜肴价格适中，但也并非敞开供应，而是限量供应，先到先得。菜品的原材料一般由卖鱼的鱼贩提供，鱼贩帮买家收拾好鱼后，把弃用的鱼杂收集起来卖给饭店老板，所以量并不大。很多店的鱼杂都是招牌菜，这几年随着需求量逐渐增大，炒鱼杂的价格也是水涨船高，有的甚至超出了鱼的身价。鱼杂无论是爆炒还是辣炒，都异常鲜美，富含蛋白质、矿物质等各种营养元素，一度成为新晋的网红菜。🔴

鲜趣。

一座热衷"种"海鲜的城市

入冬后，青岛市红岛街道的海产养殖业进入播种季，渔民抢抓牡蛎苗底播时机，通过车载船运的方式将优质种苗投放到养殖区域，渔港码头一派繁忙景象。不久的将来，这些投放的海鲜"种子"将走上市场，丰富市民的餐桌。

2022 年 6 月，在位于黄海海域离岸 120 海里的青岛国家深远海绿色养殖试验区，全球第一座全潜式深海渔业养殖装备"深蓝 1 号"成功收获中国首批深远海大西洋鲑。这是全球首次低纬度养殖大西洋鲑获得丰收，也标志着青岛"海上粮仓"由"近海"走向"深蓝"。

2022 年 9 月，全球首艘 10 万吨级智慧渔业养殖工船"国信 1 号"养殖的首批大黄鱼开捕上市。一条条金色的大黄鱼从吸鱼泵"鱼贯而出",经由输送系统转运至休眠池,首批共起捕大黄鱼约 65 吨。

青岛三面环海,海岸线绵长,分布着 49 处海湾和 120 座岛屿,海洋渔业资源丰富,每年会有春秋两次较大的鱼汛。即使如此,随着人们饮食需求量的增加,自然形成的鱼汛已经无法满足人们的需求。20 世纪 60 年代起,青岛就引领了藻类、虾类、贝类、鱼类、海珍品五次海水养殖浪潮,并迅速推向全国的海岸线,使我国一跃成为世界海水养殖大国。青岛的海水养殖科技"天团"可谓功不可没,有海洋科技城之称的青岛市聚集了全国近一半的海洋科技人才,聚集了全国一流的海洋科技英才和创新平台。他们助推着越来越多的海鲜"游"到更多中国人的餐桌上。

青岛领"鲜"的魅力,使得青岛一年四季都是海鲜季。除了带鱼、鲅鱼等传统海鲜品种,蛤蜊、海蛎子、对虾、黄花鱼等广受欢迎的海鲜,以及多宝鱼、三文鱼等身价不菲的鱼类,都在青岛实现了海水养殖。

青岛这座热衷"种"海鲜的城市,让海味四季常鲜。🔖

海鲜小吃是来自海洋深处的烟火味

很多美食家认为，各地的特色小吃是每座城市最具有烟火味儿的非物质文化遗产。在青岛这座与海洋紧密相连的城市里，各色海鲜小吃遍布大集、夜市、街头与小酒馆，吸引了一批忠诚的爱好者。

青岛郊区遍布大集，集市一般会从早晨持续到午后。摆摊者和赶集者要解决早饭和午饭的问题，于是就地取材，利用集市上的新鲜食材制作出各种接地气的小吃。其中一些海鲜小吃意外地以其美味吸引了大量食客，许多食客甚至专程驱车前来品尝这露天的美食。

西海岸的泊里大集逐渐派生出了一道极具特色、十分鲜美的海鲜烩饼小吃。通常是食客依据自身喜好，从附近的海鲜摊位上购买蛤蜊、八带、螃蟹、大虾等清洗简单且易熟的小海鲜，然后交给烩饼的师傅进行加工。海鲜烩饼通常用新鲜的五花肉打底，将肉用葱姜爆香，煸出猪油的香味后倒入水，然后根据易熟程度依次加入海鲜，最后加入烩饼，以胡椒提味，即可起锅。此时，烩饼已经完全浸润了海鲜的香味，五花肉与小海鲜的味道也彼此融合，喝一口汤汁，鲜美无比。

早年，青岛的饭店并不多，小吃尤少。到了旅游旺季，内陆游客来青，十分向往青岛小吃，于是街头出现了石花菜凉粉、水煮蛤蜊、蒸螃蟹、海胆蒸蛋这样的小吃。后来，就有脑筋灵光的外地游客与附近的住户达成合作，由他们买来生海鲜，交由住户进行简单加工，然后他们付上一笔加工费。

此后，这种代客加工海鲜的模式延续至今，很多青岛本地人也加入其中，且乐此不疲。以前黄岛路露天市场有不少这种小酒馆，食客加工最多的是香辣蟹、油焖大虾和辣炒蛤蜊。小酒馆的加工方式粗犷且用料豪放，虽然粗枝大叶，但加工出来的海鲜有一种自由自在的江湖味道，令人欲罢不能。

青岛略微正规的小酒店一般也有两道比较经典的海鲜小吃，一味为海鲜小豆腐，虽然听着很有乡野美食的感觉，但其实这是一道由海参、虾、蛤蜊等小海鲜与豆腐、时令蔬菜搭配的健康低脂美食，深得年轻女孩喜欢。另外一味是蛤蜊疙瘩汤，制作方法很简单，以蛤蜊汤为汤底，加入土豆丁、香葱和面疙瘩，煮开即可食用。一碗下肚，鲜味与面香双向奔赴，整个胃被鲜和暖充盈着。🔖

鲜趣

秋天美好 海鲜作证

春天的美好，在于万物复苏，草木新绿，繁花似锦。而秋天的美好，不仅在于天气的舒朗和通透，更在于其所带来的丰饶物产，尤其是这是一个可以尽情品尝各种海鲜的时节。

与"桃花流水鳜鱼肥"里提到的江鱼不同，"秋风起，鱼儿肥"，每年秋天，随着海水水温逐渐转凉，鱼儿在海浪里自由翻滚，开始为了积蓄越冬的体能而疯狂觅食，因此这个季节的海鱼皮下脂肪开始堆积，变得越发肥美起来。

此时，通常也是青岛休渔期结束的时候，海鲜市场上贩卖海鲜的摊位前每天都围满了抢着尝鲜的人们。这个季节的海鱼大部分是从深海捕捞而来的，大多都是无法人工养殖、真正来自大海深处的美味。

在秋天的海鲜市场上，有一些虽然便宜，却无法实现养殖的鱼类。早年由于食谱信息流相对封闭，调料的选择也相当有限，许多人在烹饪上，尤其是对荤菜的处理上，并不太擅长，因此一些鱼常因腥气重而遭到嫌弃，比如鲐鲅鱼。这种鱼虽然在国内只是一种物美价廉的大众海鲜，但是在日本却十分受欢迎，鲜活的鲐鲅鱼在日本甚至可算一种高端海鲜。这或许是因为这种娇气的鱼有一个非常"致命"的缺陷，即保鲜期太短，鲐鲅鱼死后口感大打折扣，久而久之只能沦为低等海鲜。现在，随着捕捞技术的提升，深海鱼从捕捞到上岸的时间越来越短，加之大众对深海鱼所含营养的重新认识，以及烹饪方法的进步，鲐鲅鱼等深海鱼迎来了前所未有的高光期。

秋天，不吃海鲜总觉得辜负了大海的馈赠。螃蟹算是秋日里最惊艳的海鲜之一。没有螃蟹的秋天是不完整的。在秋天的一众海鲜中，螃蟹无疑是最耀眼的存在，只要它一亮相，所有海鲜都黯然失色。

秋天该很好，海鲜正在场。除了螃蟹，应时的鲈鱼、老板鱼、海肠、海蛎子等海鲜，均肥美有致，在秋风和海浪中荡漾着一个收获季节的美物之美。🔴

青岛鱼宴记

青岛三面环海，海岸线绵长，占尽了靠海吃海的地利，各种渔获成为这座城市最鲜美的风物。青岛人对各种鱼类是没有抵抗力的，可以说是无鱼不成席，无鱼不成餐。

在青岛，吃鱼时最让人信赖的便是船老大那得心应手的渔家烹饪手法。与江边或者湖边的船菜不同，青岛所谓的船菜多呈现北地粗犷之风。新鲜的小鱼如果不能杂烧，那必定会采用大火热油炸制的方法烹饪，以外焦里嫩、骨头酥脆的口感为上乘。鱼的身长若超过一拃，则通常会采取家常烧的方式烹饪。

对于刚捕捞上岸的新鲜海鱼，在海上作业的渔民们通常

◎ 无名

在烹饪时只加入葱姜蒜和酱油，先小火慢炖，再大火收汁，便能够使菜品呈现出最原汁原味的大海味道。仿照这种烹饪方式，无论是技校毕业的烹饪高手，还是家庭主妇，无一例外会"自废武功"，回归最淳朴、亲民的家常烧、红烧和清炖。然而，这种充满市井气息的料理，就像老辈人迷恋的中式点心，满口香，吃多了却免不了腻味。

好在每个时代都不缺乏爱折腾的"新人类"，总能出现一些敢于打破常规的人。倘若不做深究，海鲈鱼、加吉鱼、牙片鱼、石斑鱼、大头腥等体形略大的海水鱼，其实与滚圆多肉的淡水鱼有得一拼，这也让不少自诩为吃货的新一代老饕们，探究出更多富有新意的烹饪方法。

比较新颖的做法是将这些体形硕大且肉质丰厚的大鱼切片，借鉴淡水鱼的传统烹饪技巧。以这些大海鱼为基础食材做

209

出的水煮鱼、沸腾鱼、烤鱼和涮鱼片，完全不输淡水鱼的口感。海鱼自带的霸道鲜气与川菜的麻辣味道完美融合，迸发出超乎寻常的新派美味。更有胆大的老饕将刚从海里捕捞上来的大海鱼做成鲜美无比的刺身或者鱼火锅，其味亦是惊艳。

青岛人从来不缺乏对鱼鲜烹饪方式的想象力，油泼、干烧、清蒸、炖汤、过桥、烧烤、甜晒、制鱼丸、做罐头、做零食……只要是你能想到的做法，他们都愿意尝试。

青岛为什么这么鲜

　　青岛濒临黄海，青岛以南的黄海南部海域的海底地势平坦，底部以细泥沙为主，又有"黄海暖流"和"沿岸流"两股洋流常年在此盘旋，这里因此形成一处天然的优良渔场，出产的海鲜自带美味的光环，品种亦是相当丰富。在外地人看来，青岛是一座十分具有代表性的北方滨海城市。而在青岛当地，不同地域盛产的海鲜既具有一定共性，又各具特色，体现出各地鲜明的地理风格。

　　在青岛的美食语境里，有一个颇为有趣而"自负"的词——"本地的"。这个"本地的"，可以理解为一个大青岛的美食地理概念，也通常被当地人自豪地应用于小范围的海产个性标签。比如，说到蛤蜊，大家一般比较认可的是红岛的薄皮花蛤蜊；说到海蜇，人们自然会想到王哥庄黄山村的海蜇；说到金钩海米，用沙子口蛎虾制作而成的海米是最受欢迎的；说到螃蟹，王哥庄会场螃蟹的传说早已在海鲜界流传甚广；说到西施舌，泊里的西施舌可以让人联想到梁实秋先生笔下关于西施舌的美文……

每到春天，白灼八带、葱拌八带、爆炒八带、八带饺子等是青岛餐桌上的常见菜品。这些菜里的八带通常是短蛸，在崂山的王哥庄、沙子口等地比较多见。而西海岸、胶州和红岛则盛产长蛸。长蛸口感筋道，适合做刺身，可以凉拌，也可以与杂鱼同炖。二者各有千秋，同样是春天的顶流小海鲜。"城阳大鲍翅"是青岛民间的一道海鲜特色菜。当然，此鲍翅非彼鲍翅。这道菜其实为白鳝肉拌黄瓜。白鳝为青岛城阳上马的特色海鲜，其实是鳗鱼的一种，出生于海里，在江河里长大，腹部发白，故被称为"白鳝"。

紫彩血蛤在青岛仅见于即墨丁字湾的浅滩上，外表和普通毛蛤蜊类似，但壳面有数条环形紫带，肉色血红，肉质细嫩，滋味比普通毛蛤蜊更鲜美。

会场螃蟹是产于崂山湾会场海域的三疣梭子蟹。其味道有着野生螃蟹特有的浓郁甜香，吃一口，便能让一整个秋天的美好在味蕾绽放。这种关于螃蟹的美好味觉体验，不仅限于会场螃蟹，还可以从西海岸的积米崖石夹红螃蟹和即墨田横岛的马蹄蟹中寻觅。

沙子口的蛎虾，有着海鲜特有的鲜甜口感。在蛎虾的做

◎ 毛蛤蜊

鲜

趣

法中，白灼是最能突显其鲜美风味的一种。剥壳晒干后的蛎虾肉则为青岛的特色海产金钩海米。

青岛立秋后的第一鲜，通常非崂山王哥庄街道黄山社区的海蜇莫属。渔民们会在第一时间对海蜇进行手工分离，将其分成海蜇皮、海蜇里子等部分，保证了海蜇系列产品的新鲜与干净，这也是黄山海蜇区别于其他地方海蜇的一大特色。

泊里西施舌是黄岛区特产，汆西施舌是鲁菜中的经典名菜，味道鲜美至极。🔳

213

海味是青岛人的美食态度

海在脚下，城在岸边，海鲜与味蕾相遇。

于青岛而言，海鲜就是这座城市的味觉灵魂和刻在人们骨子里的物化诉求。青岛地处鲁地，饮食风格深受四大菜系之首的鲁菜影响。青岛的海派鲁菜自成一体，同时又融入大鲁菜鲜、嫩、香、脆的特色。

青岛人对海鲜纯正之味的追求既源于地理的优势，也源于对味道的深刻理解。"㸆炖"是鲁菜的一种传统烹饪技法，以前在沿海的渔民当中非常盛行。㸆炖是指将挂糊过油预制的原料放入砂锅中，加定量的汤和调料，烧开后加盖，用小火进行较长时间加热或用中火短时间加热成菜的技法。人们原本的出发点仅仅是为了便于储存，没想到竟赋予了海鱼一种独有的气质，形散而神聚。侉炖鱼是山东省传统名菜，属于鲁菜系。用侉炖的方法做鱼，鱼不直接与热油接触，营养流失少，蛋白质不易被破坏，也不会产生致癌物质。

中国人对鲜味的追求已超千年。古人很早就开始使用"鲜"这个字，历代文人谈及美食，鲜更是必不可少的形容词。清代美食家袁枚在《随园食单》中视鲜为原味，也就是将鲜视为味觉的顶级体验。"鲜"字也代表着青岛人的生活态度，鲜活生动，新鲜有趣，光鲜亮丽。青岛人对这个"鲜"字也很有好感，青岛方言中还有"鲜亮"这样的词汇，这是一种有滋有味，却难以描述的味觉和视觉体会，个中的韵味只有青岛人才能真正领略。

青岛这座既拥抱蔚蓝海洋又坐落于北地的城市，将海鲜的鲜美与碳水的朴实完美结合，呈现出另一种鲜暖的美食哲学。比如青岛人的花式海鲜饺子，蛤蜊、蛎虾、海肠、八带、海虹、海螺、鲅鱼、黄花鱼、牙片鱼、大头腥、三文鱼，只要能吃到的海鲜，经过青岛巧妇的手，都能被包成各式海鲜饺子。再诸如蛤蜊芸豆面、大虾打卤面、红头鱼卤面、海鲜疙瘩汤、海肠捞饭、鲍鱼炖土豆，用料扎实，在满足味蕾享受的同时，也体现出这座城市祥和、欢动、鲜美的独特风物与风情。

清蒸、辣炒、原汁、蒜蓉、烧烤、油焖、炸制是青岛人吃海鲜常用的几种做法，既家常又江湖，既小家碧玉又豪情万丈，将海鲜的鲜味发挥得淋漓尽致。

大锅蒸海鲜也是一道经典之作，各种小海鲜齐聚一堂，

鲜趣·

215

在同一口大铁锅中蒸制，各种鲜味彼此交融，这道菜也算是新派的海鲜全家福。大虾炒白菜、蛤蜊肉炒小白菜也是经典的海鲜菜，清新的青菜吸收了海鲜的鲜甜，代表了海鲜与青岛家常菜的完美结合。油爆海螺是一道极为考验刀工的美食，汲取了鲁菜烹饪的精髓，鲜味和香味层层递进，鲜嫩的肉质和海鲜的香味充盈口腔，让人仿佛置身于一场轻盈而美味的味觉盛宴。

红岛鲜味记

趣

位于青岛北部的红岛，三面环海，海岸线长约35公里，柔风与轻浪琴瑟相合，使得红岛近海的物产丰富，品质上乘。

红岛地处胶州湾底部，受潮汐、河流、底质等因素影响，该海域的浮游植物、营养盐十分丰富，水温、盐度、pH值（酸碱值）等均较为适宜，使得这里孕育的海货各具特色、味道鲜美。鲅鱼、带鱼、梭鱼等鱼类和对虾、虾虎、梭子蟹、蛤蜊、牡蛎、海螺、八带、海参、海蜇、鲍鱼、扇贝、海虹等青岛人喜爱的小海鲜，皆是红岛引以为傲的鲜味使者。

青岛还专门以蛤蜊为主题举办了一个"红岛蛤蜊节"，这赋予了蛤蜊高光的时刻。红岛是适合蛤蜊生长的福地，适量的黑泥搭配适量的海沙，使得这里的蛤蜊饱满肉厚，鲜嫩爆汁，鲜中带甜。

蛤蜊可算红岛"风物志"的代表。北宋《物类相感志》中所记载的腌蛤蜊法在此地一直有所流传。元代，《云林堂饮食制度集》一书记录的生吃一谱更是取胶州湾蛤蜊吃法之精髓："用蛤蜊洗净，生擘开，留浆别器中。刮去蛤蜊泥沙，批破，水洗净，留洗水，再用温汤洗，次用葱丝或橘丝少许拌蛤蜊肉，匀排碗内，以前浆及二次洗水汤澄清，去脚入葱、椒、酒调和，入汁浇供，甚妙。"

经年的耕海牧渔，使得"红岛蛤蜊"成为岛城知名品牌。红岛小海鲜种类繁多，仅蛤蜊品种就达十多种，除了常见的菲律宾杂色蛤以外，还有毛蛤、抱鸽头蛤、象拔蚌蛤、双咀蛤、兰蛤等品种。红岛的海蛎子、四小海鲜"泥蚂、海沙子、末货、蚝艮"，更是老饕的心头好。

红岛历史底蕴丰厚，人文风情多姿，对于海鲜的做法，红岛人民更讲究保留食材的原汁原味。红岛人一向喜欢以"清水煮"的方式烹饪海鲜，俗称"炸（zha）"。这种做法听上去干脆爽利、貌似简单，实则对于海鲜新鲜度的要求极为苛刻，这种底气当然来自红岛人民对于本土海鲜的自豪与自信。

红岛的特色海鲜菜经过千锤百炼，已经自成体系，每一道菜都独具特色、可圈可点。海菜蛤蜊饼、海鲜疙瘩汤、墨鱼炖黄姑、腊鲅鱼冻、蚝艮拌韭菜、末货蒸蛋等红岛特色菜征服

◎ 虾米

鲜 趣

了无数游客的味蕾。海参、虾皮、虾米、末货、蛤蜊肉、虾酱等干、鲜、腌、冻的特色海产品，让食客念念不忘，在无数食客的口口相传中成为"社交硬通货"。颇具红岛渔家特色的"黄金饭"更是走进了央视，成为惊艳众多食客的特色美食。🔴

海鲜的青岛方言

　　青岛人对海货的情感，如同老人对后辈般深沉而温暖。在民间以及渔民的口口相传中，很多海货都被赋予了生动而亲切的青岛"小名"、俗名或者说是绰号。许多海鲜并非是青岛独有，但它们一旦拥有了独特的"青岛方言"命名，便立刻拥有了与众不同的特产气质。

　　在青岛，蛤蜊几乎是小海鲜的代名词，而将其称作"ga la"则是青岛人独有的语言习惯。如果你将蛤蜊以字正腔圆的普通话发音说出来，青岛人会感觉那是件很滑稽的事。因此，对于想要融入青岛的外地人来说，学会用当地口音说出"嘎啦"（ga la），就显得十分重要。只有当你的口音中融入了这份"蛤蜊味"，你才能真正地融入这座城市，感受到它的独特魅力。

以蛤蜊为例，几乎青岛的每种小海鲜都会有一个本地称呼。这些小海鲜的本土化特色，有时候更是它们独特的防伪标志。

蛎虾学名鹰爪虾，在一些地方俗称鸡爪虾、红虾、沙虾，在青岛民间是可以与蛤蜊平起平坐的一种小海鲜。

牡蛎和生蚝其实是一种海鲜，青岛人称之为海蛎子。秋冬是青岛野生海蛎子收获的季节，这种本土的海蛎子个头不大，但个个肉质饱满，鲜美多汁。

在南方沿海享有"东海夫人"美誉的贻贝，在青岛本地叫海虹，听上去很像某个青岛邻家女孩的名字。这种平价的小海鲜比蛤蜊还"亲民"，海虹饺子和海虹合饼被许多人视作最接地气的两款海鲜面食。

青岛人管琵琶虾和蝼蛄虾都叫虾虎，其实琵琶虾的学名为虾蛄。这种虾在南北海域皆出产，几乎一地一名，皮皮虾、虾爬子、濑尿虾、富贵虾、虾婆婆、螳螂虾等都是指这种虾。

在苏浙沪一带，黄鱼曾经是金条的别称，足见这种鱼在当时的受欢迎程度和地位。大黄鱼和小黄鱼在青岛都被叫作黄花鱼，其实它们属于两个鱼种。青岛市场上常见的所谓黄鱼，其学名听上去非常"学术"，叫作"大泷六线鱼"。

青岛早春的开凌梭，肉滚滚的，被称作从海里蹦到春天的第一鲜。其实它的学名叫梭鱼。而青岛还有另外一种鱼俗称梭鱼，学名却唤作"鲻鱼"。说实话，除了海洋专家，老百姓真的很难根据外表区分这两种鱼。

　　带鱼在青岛叫刀鱼，也有老辈人称其为鳞刀鱼，"望之如入武库，刀剑森严，精光闪烁"——此为《海错图》中对带鱼的描写，非常贴和"刀鱼"这一俗名。

　　海鲈鱼是在青岛各大酒店比较常见的一种宴席鱼，老辈人管它叫"寨花"，听起来很接地气。

　　鲅鱼是包括青岛在内的很多北方沿海城市的重要经济鱼种，俗称刀鲅，南方地区称其为马鲛鱼，学名为蓝点马鲛。鲅鱼饺子是胶东地区的一大特色，熏鲅鱼、甜晒鲅鱼也是青岛地区的特产。

　　牙片鱼的学名为褐牙鲆，而像牙片鱼宝宝一样的小一号"偏口鱼"的学名为高眼鲽。还有一种青岛人爱炸着吃的鼓眼鱼，学名为角木叶鲽。其他类似的鱼，比如沙盖鱼，其实也都有自己的学名，都属于"鲽字辈"。

　　很多鱼类在青岛也有独特的别名。举例来说，在青岛语境中，红加吉是指真鲷，青鱼是指太平洋鲱，大头腥实则是指太平洋鳕鱼，离水烂是指鳂鱼，舌头鱼指半滑舌鳎，季勾鱼是指灰海鳗，鳗鳞鱼是指星康吉鳗，唇唇鱼是指松鲷，面条鱼是指玉筋鱼，逛鱼是指斑尾刺虾虎鱼……不一而足。